Por mi gran culpa

Voz y Tiempo

edaf

RAÚL ARIZA

Por mi gran culpa

XXIV PREMIO DE NOVELA NEGRA
CIUDAD DE
GETAFE
2020
AYUNTAMIENTO DE GETAFE

edaf

www.edaf.net

MADRID - MÉXICO - BUENOS AIRES - SANTIAGO

2020

Esta novela recibió el XXIV Premio de Novela Negra
Ciudad de Getafe 2020 del Ayuntamiento de Getafe.
El Jurado de esta convocatoria estuvo presidido
por Lorenzo Silva, y sus vocales fueron
Pita Sopena (subdirectora de Ámbito Cultural de El Corte Inglés),
Fernando Marías (escritor),
Marcelo Luján (escritor) y Esperanza Moreno (editora);
y el secretario fue Miguel Ángel Martín Muñoz.

Diseño de la cubierta: Gerardo Domínguez
Maquetación y diseño de interior: Diseño y Control Gráfico, S. L.

Editorial Edaf, S.L.U.
Jorge Juan, 68,
28009 Madrid, España
Teléf.: (34) 91 435 82 60
www.edaf.net
edaf@edaf.net

Ediciones Algaba, S.A. de C.V.
Calle 21, Poniente 3323 - Entre la 33 sur y la 35 sur
Colonia Belisario Domínguez
Puebla 72180 México
Telf.: 52 22 22 11 13 87
jaime.breton@edaf.com.mx

Edaf del Plata, S.A.
Chile, 2222
1227 Buenos Aires (Argentina)
edaf4@speedy.com.ar

Edaf Chile, S.A.
Coyancura, 2270, oficina 914, Providencia
Santiago - Chile
comercialedafchile@edafchile.cl

Octubre de 2020

ISBN: 978-84-414-4055-5
Depósito legal: M-24183-2020

PRINTED IN SPAIN IMPRESO EN ESPAÑA

COFÁS

A los que a pesar de todo creen en mí

(...) así la serpiente sentía un placer semejante al ver aquel plantel florido, dulce retiro de Eva, tan madrugadora y tan solitaria. Su forma angélica, suave y tan femenina, su graciosa inocencia, todo el atractivo de sus actitudes, de sus menores movimientos, intimidan la malicia de Satanás y, causándole un dulce arrobamiento, despojan a su violencia del fiero intento que allí le había conducido. El príncipe del mal se ve un momento alejado por su éxtasis fuera del mal; en este corto intervalo experimenta tan solo una bondad estúpida, pues queda desarmado de enemistad, de picardía, de odio, envidia y venganza.

El paraíso perdido, John Milton

Y creó Dios al hombre a su imagen,
a imagen de Dios lo creó,
varón y hembra los creó.

Génesis 1, 27

Pero la serpiente era astuta,
más que todos los animales del campo
que Jehová Dios había hecho.

Génesis 3, 1

Y vio la mujer que el árbol era bueno para comer,
y que era agradable a los ojos,
y codiciable para alcanzar la sabiduría;
y tomó de su fruto, y comió...

Génesis 3, 6

0

Las moscas

—¡Me cago en Dios!

Y luego sale del piso pegando un portazo que hace temblar los cristales del aparador y de las ventanas.

Es un tipo decidido, con arrojo, incluso un poco más que sus amigos, que el Éric, por ejemplo, que habla mucho pero, a la hora de la verdad, no hace nada. Él sí. Él, si dice que está hasta los huevos de todo y que se va de casa, harto de su padre, que es un flojo, y de su madre, que es una mierda, porque tiene la casa manga por hombro, solo tiene que robarles algo de dinero, llenar la bolsa del gimnasio con un par de mudas, pegar un portazo y enviarle un wasap al Benja, con el que ya ha quedado para que le acerque a la estación de Tarragona con el coche de su hermano, avisándole de que en cuestión de media hora estará en su casa.

Mientras el Éric es más dubitativo y emocional, el Benja es un camarada práctico y resolutivo. Por eso ha acudido a él, porque al Benja no le gustan los discursos moralizantes ni las reflexiones. De hecho, desde que hace unos días le comentó que estaba decidido a marcharse de casa e irse hasta ese pueblo de Almería donde viven sus primos, donde piensa currar de camarero durante el resto del verano para sacarse algo de pasta, el Benja ni tan siquiera le ha pedido una sola vez que recapacite. Al revés, desde el primer momento le ha animado, «con dos cojones, tío», y se ha lamentado de no poder acompañarle cuando se lo ha pedido. «¿Y qué hago yo con mi madre y mi hermana pequeña, las pobres? ¡Hostia, puta!» El Éric, sin embargo, le hubiese dado la brasa hasta hacerle dudar, por el peso de sus razones, o por mero hastío, y habría acabado por conseguir que se replantease la primera decisión madura que cree haber tomado en toda su corta vida.

Jordi los quiere a los dos, claro, los tres se conocen desde preescolar, pero para las cosas importantes valora mucho más la parca opinión del Benja.

La zona del aeropuerto hasta el mar es una tierra campa de huertos sembrados de tomates, cebollas, patatas o cereales. Minifundios rectangulares, como estrechos campos de fútbol amontonados en paralelo, separados entre sí por acequias centenarias o viejas cercas de madera. Se ven pequeñas granjas, aquí y allá, y casas de aperos diseminadas por las cunetas de los caminos de tierra, asentamientos ilegales a los que se accede por entradores polvorientos cerrados con cadenas, y en las que malviven jornaleros magrebíes o rumanos, en su mayoría, sometidos a un ruido ensordecedor y constante de aviones que despegan y aterrizan del aeropuerto cercano. No hay ni un minuto de silencio entre vuelo y vuelo. En aquella zona que queda a los márgenes de la carretera de Bunyoles, solo se oye el atronador zumbido, único, circular e inacabable que viene del aeropuerto.

En la ribera del río, chopos y cañaverales. Hay también matorral bajo en las veredas de los caminos y dunas salpicadas de ginesta, según aquel dédalo de pequeñas parcelas y senderos pedregosos se va acercando al mar.

A orillas de la playa, cerca del cauce y la desembocadura del Llobregat, rodeados de cañizos, quedan los restos de un antiguo cuartel de carabineros. Hoy es un complejo vallado; compuesto de varias edificaciones de mampostería y piedra, abandonadas, sin techos ya y devoradas por la maleza; que se puede visitar con permiso del ayuntamiento, que ha adecentado los accesos, ha colgado de sus viejos muros algunos carteles explicativos de lo que fue, y cobra un euro por entrada. En su lado sur, en el espacio que queda entre la carretera nacional y el estanque de la Magarola, en una vieja alquería, una de las muchas construcciones sin licencia que salpican toda la zona cercana a la antigua caserna, vive el Benja con sus dos hermanos —uno un par de años mayor que él y una más pequeña, de solo seis añitos— y su madre, una mujer de mediana edad que aparenta ser su abuela, pues le faltan los cuatro incisivos de arriba y las manos le tiemblan por el Parkinson.

Montado en el viejo ciclomotor que le ha cogido sin permiso a su padre, Jordi conduce a buena velocidad dejando a su paso una enorme y polvorienta estela. Pero cuando apenas le quedan unos trescientos metros para llegar y los perros, descastados y pulgosos, que malviven con la familia de su amigo ya anuncian su inminencia con desaforados ladridos, la moto comienza a agonizar por falta de gasolina. Y acaba parándose.

Cuatro y media de la tarde. Finales de un junio con vocación de infierno. Bajo un sol que abrasa, el adolescente que todavía es Jordi, arrastra la pesada Piaggo entre blasfemias y suda como un lechón. La mochila que carga a la espalda con sus cosas, la camiseta, el pantalón corto y las zapatillas, unas Adidas —de marca— chulísimas, de color amarillo, que alguien le vendió por solo diez euros, todo está cubierto de una espesa capa de mugre, fruto del engrudo que forman el esfuerzo y la tierra del camino. Jordi camina. Arrastra. Suda. Escupe. Maldice. Y la mierda de moto de segunda mano de su padre se convierte de repente en una metáfora de su desesperanzada existencia.

A unos cien metros de la parcela, en la que no hay sembrado nada y solo se acumula chatarra, neumáticos, piezas robadas de vehículos y electrodomésticos viejos con los que la familia se gana la vida; en la cuneta derecha, tras una primera pared de cañizos, Jordi ha creído ver un destello. Así que, aprovechando al mismo tiempo la excusa para descansar, le pone el caballete a la moto, resuella, se seca con el dorso de la mano el sudor de la cara y se acerca para cerciorarse. Coño. Sí. Ahí hay algo que brilla. Es la cremallera de un bolso arrojado al borde del camino que reluce con el fulgor propio de las cosas que no se merecen. Y tapándose la nariz por culpa de un repentino y nauseabundo hedor a animal muerto, Jordi se agacha y lo coge. Y lo agita, para ver si suena. Y sonríe creyéndose afortunado. Pero antes de abrirlo para comprobar si es verdad que por fin ha tenido algo de suerte en esa vida suya que apunta a miserable, atraído misteriosamente por un enorme zumbido —esta vez no son aviones— que lo ensordece todo, aparta con las manos otra línea más de cañas y detrás de ellas ve unas sandalias de mujer cubriendo unos piececillos con las uñas pintadas de añil. Y también ve unas piernas, muy morenas, no muy largas, que terminan en un pantaloncito corto, azul, perfectamente abrochado. Y luego ve un vientre arañado por la maleza, y un ombligo circundado por un tatuaje —parece una estrella—, y una blusa blanca y sucia a la que le faltan los últimos tres botones inferiores, pero que aún cubre pudorosamente el torso a la altura de los pechos. Y dado que Jordi es como todos los críos de su generación —salvo quizá Éric, que de los tres amigos es el más cagueta—, un tipo valiente y descreído que cree haberlo visto todo y estar curado de todo espanto, a pesar de sus escasos dieciséis años, decide seguir adentrándose en su desgracia y entonces se topa con un cuello rajado, de izquierda a derecha y de arriba abajo, que a la altura de la nuez muestra un boquete extraordinario por el que se adivina el mismísimo infierno a través de multitud de costrones de sangre seca. Un cuello apenas unido a una cabeza aplastada por una enorme piedra, a cuyos lados se desparrama una larga cabellera azabache, tan negra como las mil moscas que revolotean el cadáver.

1

Los sábados, pasta

Realmente es una escena muy, muy hermosa.

Mediodía. Luce el sol. Brisa ausente de estío. Ruido doméstico y muchas sonrisas. La placidez lo envuelve todo con un cotidiano gesto. Ella. Él. Uno de los dos prepara la comida mientras en el reproductor se escucha una canción de Travis. El otro friega los cacharros del desayuno. Dos copas de tinto y algo de fiambre cortado sobre una tabla. La sangre y la carne. Comunión. Un ventanal encima del fregadero convierte la estancia en un ábside iluminado y le confiere a todo un halo de beatitud. Quizá, a lo lejos, pero solo a lo lejos, se pueden adivinar algunos nubarrones. Es sábado, sábado, sábado.

Comienza a sonar el teléfono.

La cocina es de color blanco inmaculado, como el resto de la casa, que es amplia y está bien distribuida. Blanca, como las infancias normales. Concepto abierto, una decoración minimalista, mucha madera de roble combinada con acero y unos electrodomésticos muy modernos. El frigorífico es enorme y de última generación, y la televisión también es muy grande y muy plana. Hay libros desperdigados de forma casual, por la mesa del salón y en los reposabrazos del sofá, que también es blanco, aunque ligeramente en un tono roto. En las paredes, un par de pósteres de conciertos bien enmarcados, y muchas fotografías de la felicidad. En blanco y negro.

Suena el teléfono.

Con su larga cabellera dorada envuelta en una toalla a juego con el color de sus ojos, ella levita como un ángel entre el sofrito, las sartenes y las especias. La cocina, la casa entera, huele a estabilidad, a facturas pagadas y a propuestas de futuro dichosas. Es ella, entonces, la que está preparando la pasta y él el que se encarga de la vajilla. Ella lleva una camiseta de algodón ajustada y un culote negro, que resalta sus glúteos firmes y sus piernas atléticas. En uno de sus tobillos luce un tatuaje. Es el dibujo de un pequeño áspid, que le proporciona al conjunto entero de su cuerpo un deje salvaje que, de primeras, contrasta con su piel enjalbegada, como de virgen, y sus ojos grandes, como de niña curiosa. Tararea *Follow the light* en un perfecto inglés.

Suena el teléfono.

Él viste bermudas, una camiseta con un lema canalla y calza unas chanclas. Y su piel es más tostada. La mira a ella con la devoción y el embeleso de los tontos. Mira el movimiento de sus nalgas, como eco de cada uno de sus pasos, y su contoneo le despista hasta el punto de derramar el vino cuando quiere rellenar las copas. Observa, más enamorado que lujurioso, cómo, al ritmo suave de la música, se mecen sus pechos en un vaivén cadencioso y rítmico. Al pasar a su lado ella, a la que no se le escapa la forma en la que está siendo observada, hace un poco el payaso, una carantoña, y él la caza de una mano y la atrae hasta sí para besarla. A él de vez en cuando le gusta jugar a ejercer de macho, a ir de rudo, pero es solo una pose que ambos saben apostura, un mero adorno. La abraza por detrás llenándose las manos de carne fresca. Y luego le lame la mejilla y el cuello y le susurra que se la va a comer.

—Te voy a comer.

El teléfono.

Lo de él fue un verdadero flechazo. Lo recuerdo bien. El mismo día que se conocieron, a los pocos minutos, diría yo, él ya se conjuró para conseguir que sus prietas curvas —las de ella— se reflejasen en los espejos de una casa común. Fue tal el impacto, que de hecho se prometió a sí mismo no dejar de caminar de la mano de aquel sinuoso vaivén, tan delicado y cadencioso, con el que ella recorrió lo largo de aquel espigón donde él, sentado en una piedra con las piernas colgadas al mar, leía un ejemplar de bolsillo de *El paciente inglés*. Ella parecía flotar mientras, a contraluz, se iba aproximando lentamente y con cierta languidez, luciendo unas enormes gafas de sol y llevando un sombrero de paja en la mano. Él levantó la vista ante aquella imagen mariana y la saludó con un tímido *hola*. Ella le preguntó qué estaba leyendo. Y fue suficiente para que él comprendiera que su vida anterior hasta ese preciso instante solo había sido una sala de espera.

Hasta ese momento no se conocían, siquiera se habían visto a pesar de que los dos llevaban veraneando en ese mismo pueblo desde pequeños.

Continúa sonando el teléfono.

—Deja que atienda al teléfono, tonto —susurra melosa.

Y él, que tiene unos ojos oscuros, pero nada siniestros, un ademán elegante, aunque algo nervioso, una sonrisa impregnada de hoyuelos, pelo corto y barba rala de un par de días, responde a su mimosa queja ciñéndose por detrás a sus caderas, obligándole a bailar un poco más la canción que escuchan mientras los raviolis siguen cociéndose en el fuego. Por costumbre, en esa casa el sábado siempre se come pasta.

Nobody really knows
Where they're supposed to go
*Hiding behing a wall...**

* *Nadie sabe en realidad/A dónde se supone que deben ir/Escondido detrás de una pared. (N. del A.)*

Pero el teléfono no cesa de sonar.

—Va, déjame, pesado, que seguro que es tu madre.

Y con un furtivo beso se deshace por fin de ese abrazo, y le entrega la cuchara de madera con la que estaba removiendo la comida.

—Vigila el sofrito, cariño, que no se pegue.

Camino del salón, ella se libera de la toalla que envuelve su pelo, y sus largos bucles dorados se desbordan por el precipicio de su espalda. Él, inmóvil con la cuchara en la mano, no puede dejar de mirarla. Aunque quisiera, no le resultaría nada fácil dejar de mirarla.

El teléfono que sigue sonando sin descanso como un aldabón impertinente es el fijo. Una réplica de un antiguo Edison que había en casa de los padres de ella. De niña se colaba en el despacho de su padre cuando él no estaba, y descolgaba aquel reluciente teléfono negro de baquelita. Le gustaba introducir su dedo en el número cero y girar todo el pesado disco, deleitándose con el sonido mecánico de la marcación. Así que, en cuanto compró su propia casa, se hizo con un modelo idéntico que encontró en un mercadillo y lo colocó en una mesilla del salón junto a un gran búcaro que ahora está lleno de carnosas begonias.

—Dígame —responde, aún sonriente.

Silencio. Y tras su pregunta, le cuelgan.

Se detiene un segundo para recordar que es primero de mes y, como si estuviera esperando esa llamada perdida, no le da mayor importancia. Incluso aún la vemos arrastrar la sonrisa de contento que traía desde la cocina.

Pero justo un segundo después de colgar, cuando ni tan siquiera le ha dado tiempo de darse la vuelta para regresar a seguir bailando junto a él, a ver cómo se acaba de cocer la pasta y a servirse otra copa de vino, que es sábado, sábado, sábado, el teléfono vuelve a sonar. Y ahora sí, en un acto reflejo, Lidia se asusta y empieza a pensar —a saber qué mecanismos de defensa se le han activado de golpe, y por qué— que esta segunda e inesperada llamada no tiene ningún sentido y tampoco ninguna gracia.

Suena el teléfono.

De pie, frente a la mesita, con los pétalos de las begonias a la altura de su ombligo, a Lidia se le ha diluido la sonrisa. Mientras a lo lejos oye a Adán canturrear al son de la música, duda si descolgar o no. Una llamada perdida al fijo es lo esperado, dos llamadas seguidas al fijo es algo tan improbable, que más que a una casualidad el hecho apunta a una anomalía. Así que, debatiéndose entre un instinto atávico que le aconseja no cogerlo y una curiosidad malsana que le invita a hacerlo, tentada está de esperar unos cuantos tonos más a ver si por fin el maldito teléfono se calla. Antes de decidirse, quizá debería de hacerle caso a la pequeña punzada que nota en la boca del estómago, que sin duda es una señal de peligro. Pero no lo va a hacer.

—Dígame.

Aunque nadie responde a su pregunta, esta vez no le cuelgan. Ella, nerviosa y expectante, agudiza el oído y cree percibir algo parecido a un leve jadeo al otro lado del aparato, como si a su misterioso y mudo interlocutor le costase respirar.

—¿Quién es? —repite ella.

—Hola, Eva.

La mujer, de cabello largo y rubio como la mies, tarda un momento en responder ante la voz cavernosa que acabe de saludarle. Atended al nombre que se ha pronunciado, y tratad de visualizar el gesto extraño que se le ha quedado al escucharlo, con los ojos demasiado abiertos y los labios con ese gesto embobado que se te queda cuando temes, cuando te sorprendes, o cuando acabas de recordar algo evidente.

—¿Quién eres? —Apenas susurra la pregunta, por miedo a oír una respuesta que teme conocer perfectamente.

—¿No me digas que no te acuerdas de mí, querida? —La voz es angulosa y sórdida, y habla despacio—. Será porque ha pasado mucho tiempo.

En ella se ha producido un vacío repentino. Como si se hubiese apagado. Ni oye la música lejana, ni huele el aroma del orégano esparcido por el aire, ni siente el sol reventón que entra por las ventanas. Se ha convertido en una estatua de piedra. Su mediodía se ha vuelto de súbito oscuro y silencioso como una medianoche solitaria. Así que a duras penas atina a colgar el teléfono —despacio, temblando, a cámara lenta— y se detiene un instante esperando que su mecanismo interior se vuelva a encender y la reconecte de nuevo con el presente. Lo que sucede, pero muy lentamente.

Cuando por fin vuelve en sí, Adán sigue en la cocina atendiendo el hervir de la pasta, removiendo de vez en cuando el sofrito, y tarareando esa canción de los Travis, a los que ambos vieron tres años antes en el FIB, durante su primer verano juntos.

Cos it's allright
Just follow the ligth
And don't be afraid of the dark
*In the moonlight...**

—¿Era mi madre? ¿Cómo está papá?

Como Lidia no responde, Adán se da la vuelta y es cuando la descubre sentada en el suelo, apoyada en el quicio de la puerta de la cocina, pálida, con la mirada perdida, con la infructuosa necesidad de llorar y aliviar las entrañas de ese repentino dolor que esas pocas palabras que ha escuchado a través del auricular de la réplica del Edison parecen haberle provocado.

—Pero Lidia, ¿qué te pasa, mi amor? —Adán se abalanza a consolarla.

* *Porque está bien/Solo sigue la luz/Y no le temas a la oscuridad/A la luz de la luna. (N. del A.)*

—No me toques, joder.

Y no ha llegado a tocarla. La contundencia con la que ella se lo ha quitado de encima al levantarse, ha hecho que Adán se asuste, se contenga y no llegue a tocarla. No se esperaba esa brusquedad. Ni está acostumbrado ni la reconoce propia de Lidia.

Ella se ha dado cuenta de su rudeza y, camino del cuarto de baño, se gira sin mirarle del todo a la cara e improvisa unas palabras amables.

—Perdona, Adán. No pasa nada. Déjame un instante que entre al baño y después hablamos.

A lo largo de la mañana es la primera vez que no le ha llamado cariño.

—Lidia... —titubea él— dime, por favor, qué es lo que te pasa. No entiendo nada, mi amor.

Pero ella ya no le hace caso. Llega al baño, entra y se encierra con el pestillo. Está tan agitada que teme que le flaqueen las piernas, así que se coge al lavabo para no desequilibrarse y acabar de bruces en el suelo. Suda. Tiene frío. Tiembla. Decide intentar recobrar la calma al respirar. Se centra en ello. Inspira. Expulsa el aire lentamente. Otra vez. Abre el grifo y se humedece con la mano los labios pastosos. Deja que el agua siga cayendo. Inspira. Espira. Otra vez. Los cabellos nos ocultan sus ojos hasta que ella levanta la cabeza y se mira en el espejo, aún sin verse. Inspira. Espira. Otra vez. Y es entonces cuando por fin se descubre en su reflejo.

—Mierda. No puede ser. Otra vez, no. Creí que todo había terminado —maldice.

2

La mujer

Nunca cayó demasiado bien. Despertaba envidias entre sus compañeros y lo cierto es que nunca cayó demasiado bien.

Físicamente impone mucho porque es muy alta. Con apenas doce o trece años ya lo era, espigada, con las piernas muy largas, aunque algo delgaduchas, y eso a los chicos les intimidaba. Ya entonces también era rápida, fuerte, algo intrépida y sin remilgos. Y además era guapa. Con sus ojos grandes, sus labios grandes y su pelo corto despejándole la nuca, tenía una belleza inusual, andrógina y algo apabullante, que destacaba sobre la del resto de las chicas de su edad. Y también era muy buena estudiante. De las mejores, si no la mejor de la clase. Destacaba en todas las asignaturas aunque, sobre todo, le gustaban especialmente las matemáticas, y eso a pesar de que su profesor de entonces, un tal Arístides, un tipo joven y arrogante hijo de militar, la sacaba mucho a la pizarra y babeaba cada vez que la veía anudarse el jersey a la cintura, apartarse el flequillo de la frente o morderse el labio concentrada mientras trataba de resolver la ecuación del encerado.

Eva se dio cuenta de todo eso muy pronto, tanto de que no caía bien entre sus compañeros, como lo de su profesor de matemáticas, pero ni dijo ni hizo nunca nada para evitar ninguna de las dos cosas.

A Eva no le gustan los días de lluvia ni tampoco los domingos. Pero sí le ha gustado siempre pasar mucho tiempo sola, mirar la vida por la ventana y leer. Leer le gusta mucho. Lee algo de poesía y es muy aficionada a la novela negra, más a los clásicos del género, a esos escritores oscuros pero brillantes, sociales pero sin subrayados, y no tanto a los nuevos nombres o las nuevas corrientes, glaciales, sangrientas o hiperrealistas, entre los y las que no suele encontrar paisajes o momentos ni tan atractivos ni más sugerentes que los que encuentra en los primeros. Pensando en ello, recuerdo cómo devoró *L.A. Confidential*, la novela de Ellroy, en tan solo un par de madrugadas.

Mencionaré alguna cosa más. Por ejemplo, que nació de forma abrupta e inesperada —su madre rompió aguas después de recibir un bofetón— una noche de agosto en un pueblecito costero de Castellón, donde su familia había comprado un apartamento y andaba veraneando. Ese mismo pueblo donde unos treinta años más tarde conocerá a Adán. También diré que su padre se llama Carlos y su madre se llamaba Esperanza, y que tuvo un hermano al que bautizaron como al padre. Que su padre de vez en cuando le pegaba a su madre y lo hacía sin demasiada inquina, solo por inercia o menosprecio, se diría que con mecánica maldad, y que Eva tuvo ocasión de presenciarlo por primera vez la noche del domingo 10 de marzo del 92, en el salón de su casa, mientras todos veían la tele. Casualmente, llovía de forma torrencial.

Hubo más. Muchos más, claro. Si el tortazo se producía los fines de semana o por las tardes, cuando ella ya no tenía clases, Eva salía de casa a hurtadillas para que los demás no lo advirtieran. A su hermano le daba por encerrarse en su habitación y ponerse los cascos, pero ella prefería salir de puntillas dándole con cuidado la vuelta a la llave para que el mecanismo de cierre no la delatara en su huida. Ya en la calle, para distraerse, se obligaba a contar los pasos entre esquina y esquina. De la más cercana al portal a la del semáforo, cuarenta y siete, y de esta al chaflán de la farmacia, noventa y uno. La calle de su barrio que más le gustaba, la que podría llamar su favorita, era la de la panadería, el herbolario y el café La Espuma. Recuerda perfectamente que, de punta a punta, esa calle medía ciento cuatro de sus pasos y que olía a cosas buenas. Recuerda también que el toldo del bar tenía un buen desgarrón por donde se filtraba una luz anaranjada que creaba una atmósfera acogedora en un buen pedazo de acera. Ella solía quedarse un rato pegada a la fachada disfrutando, con los ojos cerrados y las manos cruzadas en la espalda, de la sensación de sentirse a cobijo por aquel sol que le hacía de abrazo. Eva huía de casa y deambulaba un par de horas por las calles de aquel barrio ajeno a su malestar, para no tener que oír llorar a su madre. Ni lo soportaba ni sabía gestionarlo. No se le ocurría llorar también, ni tampoco se le ocurrió nunca acudir valiente a consolarla. Supongo que era aún muy pequeña para eso.

Diré que el hermano, Carlos, un par de años mayor que ella, se murió de leucemia apenas cumplidos los quince. Que Eva, que estuvo muy, muy triste, desganada y asténica, casi un año entero, recuerda perfectamente y muy a menudo cogerle con cuidado de la mano, para no arrancarle las vías, y leerle pasajes de su libro preferido hasta la misma tarde en la que Carlos no tuvo más remedio que apagarse. Que su madre —de la que ella ha heredado sus ojos verdes, pero no su carácter sumiso—, una acomplejada ama de casa, ya no se recuperó, ni de aquello ni de las palizas, y se fue dejando hasta hundirse; y que su padre —del que ella ha heredado su frialdad y cierta destreza para los negocios—, un abogado zaíno, especialista en extranjería, utilizó la pérdida del hijo como pretexto para abandonar a su familia, centrarse en su trabajo y complacer a una amante brasileña, que quizá se regaló a sí mismo por cobarde, para no hundirse tan solo.

La otra cosa que más agradece haber aprendido de su madre, es a no soportar lo que ella soportó de los hombres.

3

The Paradise

El paraíso tiene muy poco de salvaje. Todo lo contrario. Hay normas de uso firmes y estrictas para cada uno de sus vecinos y propietarios, que pagan una cuota de comuneros que supera los trescientos euros mensuales. Tiene piscina y un centro social, donde alguna vez se ha celebrado algún cumpleaños. Tiene un gimnasio en desuso, y varios jardines, y un par de parques. Cuenta con jardineros, ujieres y dos vigilantes que se turnan en la puerta y hacen una ronda nocturna justo cada tres horas.

Las calles del paraíso forman cuatro círculos concéntricos, en los que se alinean más de cincuenta bungalós de unos cuatrocientos metros cuadrados útiles cada uno, iguales entre sí, construidos en dos plantas, más buhardilla y garaje. Todos los bungalós parecen el mismo, por aquello de las inflexibles normas de convivencia que mencioné antes. Ninguno es de un color distinto o tiene un techado diferente. A lo sumo, en los jardines traseros, hay propietarios que de forma furtiva han instalado una pérgola o una barbacoa, o han empedrado el jardín construyendo caminitos de losetas donde no los había.

Se diría que los habitantes del paraíso son todos hijos del mismo padre, porque son muy parecidos entre ellos. Visten similar y andan con el mismo vaivén despreocupado, o confiado. Seguro. Entre sí se saludan tímidamente, con un gesto de cabeza casi imperceptible o un levantamiento de ojos cifrado, únicamente interpretable si eres uno de ellos o vives allí. No suelen hablarse si no hay un motivo importante, una coincidencia exclusiva o una junta general. Son silenciosos, cautos y discretos, tanto de puertas para adentro como en los breves espacios de tiempo en los que usan las zonas comunes, que prácticamente se reducen a acudir a la piscina un par de veces, a lo sumo, en todo el verano. Casi todas las familias tienen una, o incluso dos empleadas de hogar que, a pesar de vestir de forma distinta que sus señores —homogénea también, pero distinta—, andar algo más rápido que ellos, ser más bajas y tener la tez más morena que sus jefes, han aprendido a ser tan silenciosas, cautas y discretas como ellos. Casi todas las familias tienen el mismo coche, grande, ostentoso y de un color negro flamante y agresivo, y otro más pequeño de un color irremediablemente más alegre.

En el paraíso hay bastantes niños, silenciosos, cautos y discretos, que apenas hablan entre ellos y nunca juegan en corrillos.

El paraíso, cuyo nombre está escrito con letras en relieve en lo alto de la única puerta, enorme, metálica y vigilada, por la que se puede acceder a la urbanización, está rodeado por un muro de hormigón blanco disimulado por altos setos, queda en una colina desde la que se divisa Barcelona al norte, las montañas al oeste y, al otro lado, la línea del horizonte sobre el mar, y pertenece a la localidad de Matadepera.

Como pocas cosas hay más aciagas que la confirmación de un plan frustrado, ella se encuentra desolada. Se ha pasado años —vete a saber si quizá una vida entera, porque sé muy bien que ya le ocurría de niña, que aparentaba ser una cosa para ocultar realmente otras— tratando de esconderse, de evaporarse, de diluirse. De desaparecer. Y sin embargo, tras el sonido sarcástico y tenebroso de una inesperada voz telefónica, todo se ha venido al traste y ella ha perdido de golpe esa magnífica cualidad de invisibilidad que la protegía de ecos pretéritos y antiguas escenas —quizá vividas, quizá mal soñadas— que ahora, de repente, la han descubierto y han llamado a su puerta con la tétrica solemnidad con la que suele hacerlo la muerte. Así que, además del miedo, que sería un sentimiento normal dadas las circunstancias, a ella lo que le invade tras el estrepitoso fracaso de su gran plan de escapismo, es en realidad una enorme frustración. Y un ego dañado.

—No me llamo Lidia.

—¿Qué has dicho, cariño?

Como he dejado esbozado desde el mismo momento en el que al otro lado de la línea telefónica la voz inesperada pronunció otro nombre de mujer, ella en realidad no se llama Lidia. Eso es cierto. De hecho es la primera gran verdad que sale de su boca en mucho tiempo, si obviamos las pocas veces que le ha podido decir a Adán que lo quería. Pues a su manera es verdad que de alguna manera lo quiere. El millón de mentiras tras las que se había parapetado durante estos últimos años, ha estallado de golpe haciéndose añicos y mellando el confort de un hogar con sus esquirlas.

—Lidia. Mi amor. No jodas, anda.

Cierra la puerta al salir del lavabo. Aún agitada, con el pecho en un latido y las sienes tamborileando su conciencia. Hace solo unos minutos, cuando todavía noqueada por el *shock* se asomó al espejo, se vio de repente distinta, casi irreconocible con respecto a la mujer que unos instantes previos, vistiendo esa camiseta de algodón y esos pequeños pantalones que a él tanto le gustan, cocía la pasta y bailaba rendida ante un presente que nadie imaginó tan inestable. Esta nueva mujer —la del último reflejo en el espejo, la que sale del baño con otro semblante y cierta precipitación— se siente tan diferente a la anterior que incluso discute la posibilidad de que alguna vez se haya sentido enamorada de alguien que no sea ella misma.

—He dicho que no me llamo Lidia. —Hay un silencio oportuno, no más de unos segundos, que podrían servir para esclarecer nombres y conceptos. Pero no.

—Eres la más bella de las tres, Eva. ¿Lo sabes?

—¿Qué tendrá que ver eso? Me gustaría pensar que somos tus socias, porque las tres somos inteligentes y capaces, porque somos buenas empresarias, y no por ser guapas.

—A mi lado tú no necesitas ser inteligente. A lo sumo, servicial y complaciente. No te preocupes por lo demás. La inteligencia, pequeña, es cosa mía.

Solo yo puedo saber cuánto tiempo ha transcurrido en este inciso en cursiva, pues tanto las ensoñaciones como la palpación de los recuerdos son como una especie de paréntesis, como una encapsulación al vacío en la que hay menos tiempo que oxígeno. Pero lo cierto es que han transcurrido unos pocos minutos, los necesarios para que la escena se haya trasladado al piso de arriba, al dormitorio matrimonial; blanco también, con la cama aún felizmente deshecha, con las mesillas llenas de fotos y libros, con ese enorme cuadro sobre el cabecero, representando un suave paisaje *Xié Yi*, que hasta ahora tanta paz transmitía; a donde ella ha subido en dos zancadas y él tres escalones por detrás, desconcertado, como el niño que persigue a su madre entre una muchedumbre; y donde ahora se la ve a ella vistiéndose y haciendo un improvisado equipaje.

—Pero, mi amor, ¿qué haces? ¿Qué coño es esto?

Adán revolotea a su alrededor trastornado. Aquella imagen de macho que pudo trasladar al inicio de la secuencia, cuando la cogió en la cocina con simulada fiereza y la atrajo hacia sí para besarla y abrazarla, ha desaparecido a las primeras de cambio. Ahora su voz es meliflua y acobardada, sus pasos torpes y su orientación insegura.

Como podéis ver, en Adán casi todo es un trampantojo.

Eva —al menos de momento, salvo cuando Adán se equivoque al querer dirigirse a ella, ya nadie la volverá a llamar Lidia— no abre la boca, no da ninguna explicación sobre su repentino comportamiento, más allá de una indescifrable mirada, quizá mezcla de un «lo siento» y un «no lo entenderías». Se mueve acelerada, casi frenética. Sobre la cama deshecha hay una mochila en la que ella introduce un puñado de bragas, unas zapatillas de deporte, algo de ropa al azar y un neceser con lo más básico. Se mueve acelerada porque en estos momentos es la encarnación de una firme decisión, de un riguroso propósito que no atiende a contemplaciones, medias tintas ni buenas palabras. Es como si se hubiese activado en su interior algún tipo de resorte que hubiese despertado esa parte esquiva que siempre subyace en cada uno de vosotros, y de ahí que ahora sus movimientos, su actitud en sí, difiera, como de la noche al día, de la pausa —o mejor dicho, de la contención— que mostraba la mujer que era antes de la llamada telefónica.

—Me voy. He de irme.

—¿Cómo que te vas? ¿Dónde te vas? Cariño, por favor, explícame de una puta vez qué es lo que está pasando o vas a hacer que me vuelva loco.

—No me preguntes, Adán. No lo entenderías.

—¿Cómo que no lo entendería? Ni que estuviese gilipollas.

He de decir que Adán no es tonto en absoluto. Es un tipo capaz y despierto, aunque, eso sí, emocionalmente algo lento. Un tipo con una interesante capacidad creativa, pero poco práctico. Un tipo que siente mucho más de lo que piensa.

De un buen empujón, ella aparta el aparador del dormitorio para descubrir una pequeña caja fuerte que queda a poco menos de un metro del zócalo. Las patas del mueble chirrían. La caja fuerte ya estaba en la casa cuando la adquirieron. La casa, de dos plantas, con cinco habitaciones, garaje para dos coches, un buen balcón y un pequeño pero simpático jardín, la compraron en copropiedad a partes iguales, pero en realidad Eva aportó el setenta por ciento de la señal que entregaron; unos sesenta mil euros, de los más de trescientos mil que en total les costó el bungaló. Adán, eso sí, se empeñó en que ambos pagaran a medias la hipoteca, lo que vienen haciendo con total holgura desde entonces. En esa pequeña caja fuerte, entre otras cosas, guarda el metálico en negro —otros setenta y pico mil euros, le quedan—, los pasaportes de ambos, alguna foto familiar que Adán jamás ha visto y un colgante con una pequeña llave. Ah, también guarda un revólver del 38. Un dato relevante a explicar y que no debería pasar, es el de que Adán nunca ha dispuesto de la combinación de la caja, pues, salvo su pasaporte, que es algo que no se utiliza todos los días, todo el contenido de la caja fuerte le pertenece a ella. Eva lo cogerá todo.

Se arrodilla frente a la caja y, mientras marca la combinación, a Eva le viene a la memoria el día en el que se conocieron, pues son los dígitos que ha de teclear para abrirla. «Me llamo Adán. ¿Y tú?» Ella le miró durante un segundo. Le resultó atractivo, algo tímido, quizá, y le pareció un buen tipo. «Yo me llamo Lidia», dijo, tras un segundo, improvisando la respuesta y echando mano del primer nombre que le vino a la cabeza, pero probablemente consciente, desde el primer momento, de que ocultando el verdadero eliminaba una simpática coincidencia que él hubiera aprovechado como señal inequívoca de que estaban hechos el uno para el otro. Y con una inocente sonrisa en su rostro, Adán subrayó el final de la conversación con un «me gusta tu nombre».

Y hubo algunas risas, a propósito de alguna ocurrencia, que dieron lugar a unas alegres cervezas en la terraza de un chiringuito playero, y a que dos horas más tarde se intercambiaran los números de teléfonos.

Aprovechando la ocurrencia del nuevo nombre, tres días más tarde Eva hizo unas llamadas y a cambio de cinco mil quinientos euros consiguió un NIF, un pasaporte y una cartilla de la Seguridad Social falsos, es decir, una nueva identidad que hizo que Eva Santos Román desapareciera en un instante como una crisálida, para renacer segundos más tarde con el nombre de Lidia Millán Cuartero. Fue fácil.

Eva termina de abrir la caja fuerte y extrae de ella la documentación y el dinero. Luego, ante los ojos de un asustadísimo Adán, empuña el arma y, con una destreza inesperada, abre y gira el tambor para cerciorarse de que, efectivamente, está cargada.

No precisamente ahora, por culpa del desconcierto en el que está inmerso desde hace un rato, pero a Adán también le da muchas veces por recordar, de forma recurrente, aquellas primeras risas y todas las demás que les siguieron. Adán es mucho —demasiado, diría yo— de retener buenos recuerdos. Parece que prefiera vivir no solo de ellos, sino incluso dentro de ellos, que se sienta intimidado extramuros de esa placidez que le proporciona lo ya vivido, y desangelado sin el calor de los rescoldos de aquellas experiencias que ya saboreó. En lugar de imaginación tiene memoria, así que, incluso como fantasía sexual, es bastante frecuente que evoque la intensidad con la que ella imprimía cada uno de aquellos primeros abrazos y besos que le daba. Desde el principio Eva —por entonces ejecutando de forma convincente el personaje de Lidia—, a pesar que de natural es algo reservada y bastante moderada, con él se mostró, sin embargo, con la fogosidad terminal que tienen los últimos encuentros, y lo suficiente entregada como para hacer que Adán viviera en una nube de contento. Supongo que necesitada como estaba de convencerse de que, con buena voluntad, podía llegar en verdad a ser una persona distinta, casi sin darse cuenta se metió tanto en su nuevo papel, que sería mentira asegurar que durante este tiempo compartido no ha estado enamorada de Adán. Un Adán que, aunque al principio desconfió un poco de semejante fortuna, siendo como es un tipo dispuesto a creer a pies juntillas en flechazos, señales y otras zarandajas, pronto se dejó llevar y aceptó que aquellos dulces excesos de su chica no eran más que la evidencia del final de su infortunio amoroso.

Pero en el momento preciso y lineal de esta narración, lo cierto es que ni el más bello recuerdo sería capaz de hacer que el rostro de Adán distendiese la congoja. Al contrario. Está atónito. Sentado en silencio en el borde de la cama, incapaz de pronunciar algo distinto a un sollozo, la ve moverse frenética por el dormitorio abriendo y cerrando cajones, hasta que acaba de recoger todas sus cosas.

Él, sentado. Ella de pie, frente a él.

—Adiós, Adán.

Con ojos implorantes, él alza la vista y, en un plano contrapicado que resume su amorosa subordinación durante todo el tiempo que ha compartido con ella, desde el mismo día en que se encontraron en aquel espigón, la ve salir del dormitorio. Momentos después, el ruido seco de un portazo le confirma que se ha acabado la representación de su felicidad.

Se baja el telón.

4

El hombre

Ahora cuento sobre Adán.

Hice de Adán un crío guapo, con un pelo claro y ensortijado, que siempre le dio un aire frágil, subrayado por una pronta sonrisa que más indica inseguridad que alegría. Es alto, aunque no demasiado corpulento. Tampoco es que sea enclenque. Tiene un torso casi lampiño, unas piernas ágiles y su piel mantiene todo el año un suave tono carmelita. Es algo tímido, diría que incluso pusilánime, pero, si se esfuerza, es capaz de manejar un discurso trabajado, cuando consigue soltarse. Le cuesta tomar decisiones y, asumiendo como referencia algún viejo episodio anclado como un poso vergonzoso en su memoria, está convencido de que es un cobarde. Por ejemplo, hubo un tiempo, de pequeño, como de los 11 a los 13, que los compañeros del colegio se burlaban de él y él no se defendía. Que decían que era marica, porque se negaba a desnudarse en clase de gimnasia, y él se callaba. Que comenzaron a hacer chanzas a su costa cuando descubrieron y airearon aquellos versos enamorados que un día escribió pensando solo en lo elevado del amor —porque ya a aquella temprana edad había leído a San Juan—, pero que todos asumieron que era otro chico de un curso superior su destinatario, y él no lo desmintió. Que estando en la cola del comedor se llevaba alguna colleja y algún empujón a los que nunca respondió. Que otro día un par de abusones incluso le mearon encima, empapándole en orín las perneras del pantalón.

Por aquel entonces, debido a lo infeliz que se sentía, llegó incluso a pensar en saltar de la pequeña barca en la que su padre se lo llevaba a pescar los fines de semana. Había leído también a Verne. Llegó a pensar incluso en la posibilidad de convertirse en pez, y por ello preparó su adaptación al nuevo medio por si llegaba el caso. Así, en el recogimiento de su habitación las tardes que se negaba a salir a jugar con los niños de su edad, estudió con interés que el alitán tiene cara de gruñón, por ejemplo, o que el galupe siempre nada en fila india. Leyó mucho sobre el buen carácter de las ballenas o sobre la altivez de los tiburones, sobre las propiedades de las algas y los corales marinos. Lo tenía todo pensado para dar aquel salto, pero nunca se atrevió a hacerlo. Y creo que desde entonces se sabe cobarde.

Su padre se lo llevaba a pescar algún fin de semana para que saliese un poco de casa y alegrara la cara, porque de vez en cuando lo veía un poco serio y retraído.

A Adán le gusta más leer que hacer deporte, escribir que ver la tele. Es un tipo inquieto y curioso. Le gusta mucho la botánica, la música, la arquitectura y el cine, por lo que puede dar la impresión de que sabe un poco de todo y de que apunte a repelente. Siempre fue buen estudiante y tiene una memoria prodigiosa. Una de sus aficiones más curiosa es memorizar párrafos de lecturas que le liguen a alguna circunstancia que le afecte. Por ejemplo, estas líneas de *Nada,* de Laforet, que las hizo suyas y se las recitaba a sí mismo varias veces a la semana, el año en el que vino del pueblo y se instaló en Barcelona:

«(...) El olor especial, el gran rumor de la gente, las luces siempre tristes, tenían para mí un gran encanto, ya que envolvía todas mis impresiones en la maravilla de haber llegado por fin a una ciudad grande, adorada en mis ensueños por desconocida».

De vez en cuando también le da por escribir. Versos, por ejemplo.

Adán tiene una imperceptible cicatriz en una ceja, culpa de una caída infantil en bicicleta, que a él le apetece pensar que dota a su rostro de un deje salvaje. Después de hacer el amor, Eva, cuando aún se llamaba Lidia, le pasaba suavemente el dedo por su superficie hasta conseguir que se durmiera.

Aunque su timidez lo ha lastrado siempre, en cualquier caso, Adán debería haber tenido más éxito con las mujeres que, por lo general, y a lo sumo, solo lo ven atractivo. Pero no ha sido así. En las pocas ocasiones en las que ha tenido pareja, siempre han sido ellas las que lo han seducido y ellas quienes le han abandonado, por lo que nunca ha conseguido que fueran constantes al quererle. Adán solo quiere que le quieran, quiere para que le quieran y quiere mucho a quien sabe que le quiere. Pasada la veintena, durante un verano se sintió atraído por otro hombre; un tal Bruno, un conocido de su padre con efluvios de galán, que lo cautivó contándole anécdotas sobre todos los países en los que había vivido. Se notaba que Bruno lo trataba bien, lo tenía en consideración y lo apreciaba. Los sábados por la noche le invitaba al teatro y entre semana —como había hecho su padre cuando él era niño— también se lo llevaba a pescar en un pequeño barco de alquiler, donde bebían cerveza, compartían secretos y Bruno le asesoraba sobre cómo tratar a las mujeres, mientras le hablaba en voz baja, le acariciaba la nuca y le ponía la mano en el muslo. Antes de que terminaran aquellas vacaciones, aquel amigo de su padre que vestía chaqueta de lino y polo Lacoste, también lo dejó.

Adán nunca le ha contado esto a nadie, por miedo a que se volvieran a burlar de él y le volvieran entonces las ganas de saltar de la pequeña barca de pesca de su padre.

El día que vio por primera vez a Eva se cumplía un año desde que Luisa, su ex, se hubiera marchado sin mucho ruido. Luisa, que tenía una belleza pausada, recogió sus cosas sin aspavientos, le dejó las llaves de su piso de alquiler en el mueble del recibidor y le escribió una escueta nota que decía lo siguiente: «Gracias por quererme tanto». Luego se fue a vivir con un tal Rubén, que era el jefe de departamento de ambos.

Adán dejó la empresa tres días más tarde, también sin ningún ruido.

A Adán no se le conocen aviesos enemigos ni tampoco amigos fraternales.

5

Los tigres y la niña

En Sanski Most hace mucho frío. La Wikipedia dice que tiene un clima cálido y templado, pero yo aseguro que eso no es del todo cierto. En Sanski Most hace frío y llueve mucho. Allí dicen que es por culpa del río Sana.

Es jueves 29 de octubre de 1992. Ha comenzado a llover de madrugada y no parará hasta bien entrada la tarde, cuando una espesa neblina nocturna comience a ensombrecer las calles. Todo está empapado y helado; el asfalto, agrietado por el paso de los blindados; los tejados y las fachadas derruidas de todos los edificios donde antes vivían los bosniacos; los antiguos parques de la ciudad, llenos ahora de indómitos hierbajos; el campo de fútbol del Podgrmec, donde hoy se hacinan los prisioneros de origen musulmán que aún no han ido a parar a las fosas que han abierto en Tomasica, como a unos veinte kilómetros de allí.

Otra cosa curiosa es que por Sanski Most estos días se ven muchos perros por la calle. También tienen sus lomos mojados.

A los seguidores de Arkan sus víctimas les llaman de forma despectiva y temerosa *perros*, pero ellos prefieren llamarse a sí mismos *tigres*. Desde hace un año, desde que el ejército serbio invadió la ciudad, se ven por todas partes. A veces se les ve junto a los soldados regulares pero, normalmente, es más fácil verlos solos, en partidas de cuatro o cinco, campando a sus anchas por las calles como matones de patio de colegio. Hacen lo que quieren. Lo que puedan o quieran imaginar, lo hacen posible. Matan, violan y torturan todos y cada uno de los días de la semana. Hoy es jueves.

Son las 4 p. m. Situémonos en el patio exterior de una casa que hace esquina, en uno de los extremos de la avenida que va a dar al río. La casa tiene dos plantas, cuatro habitaciones, salón, cocina, un baño y un patio exterior, no muy grande, con una tapia de dos metros de altura que lo circunda. Antes, al patio, que está ajardinado y tiene un pequeño porche de uralita en el extremo norte donde el dueño guardaba aperos y herramientas, se accedía desde una puerta que hay en la cocina, pero ahora se puede salir también desde el salón, pues parte del tejado y la pared de ese lado, como si fuera un pedazo de queso del que hubieran arrancado con los dientes una buena porción, se vino abajo por el impacto de un obús. Desde el interior del salón, hoy, ya digo, medio derruido, lleno de cascotes y muebles desvencijados, de cuadros sin marco y fotos familiares sin cristal, con herrumbre y enseres chamuscados por todas partes, a veces se oyen risas y otras veces se oyen gritos. Algarabía. También se oye un radiocasete en el que, justo ahora, Phil Collins canta *I can't dance,* aquella canción de Genesis. En él hay cuatro perros/tigres descansando, repartidos entre los dos sillones y el sofá, bebiendo chupitos de *rakia*, perdiendo el tiempo o aguardando algo o a alguien. Dos de ellos, Samardzic y Kovac, discuten sobre fútbol. Ambos son del Estrella Roja, claro. Pero crecido por la coca y el alcohol, uno, el primero, lleva un rato defendiendo que Savicevic es mejor que Prosinecki, mientras que el otro, el segundo, que además es sargento y el jefe de la cuadrilla, quiere zanjar la discusión y le responde a voz en grito que no tiene ni puta idea de fútbol, lo que provoca la risa algo desvariada y etílica de los otros dos. «No tienes ni puta idea de fútbol. Gilipollas». Y Dejan e Ilian sueltan una estruendosa carcajada. Y entonces Samardzic, que se ve menospreciado, exclama un «me cago en la puta que os parió», coge el Kalashnikov blandiéndolo con una sola mano, sale al patio; donde se encuentran atados a cada uno de los pilares del cobertizo dos jóvenes, un chico, que se llama Haris, y una chica, que se llama Almira, hermanos de dieciséis y catorce años, respectivamente; y descerraja una ráfaga sobre el varón —sin pensar, de pura rabia— que a tan corta distancia y alcanzándole en diagonal, le desgarra el muslo derecho, le cruza el pecho partiéndoselo en dos y le destroza el cráneo en oblicuo. Todo ha pasado tan deprisa que la pobre Almira, que está exhausta y bastante tiene con tratar de descansar y recobrar sus pocas fuerzas después de haber sido repetidamente violada por los cuatro a lo largo de todo ese día, ni siquiera ha abierto los ojos. A pesar del estruendo.

Algo sobre Almira. Brevemente.

Recuerdo lo hermosa que fue al nacer, con su carita sonrojada, y la dicha que supuso para sus padres su llegada. A la niña, que salió espabilada y risueña, le encantaba chinchar a su abuela, lo justo para oírla exclamar o maldecir medio en broma, medio en serio. Era buena con los idiomas, le encantaba dibujar y, en otras circunstancias, hubiera acabado haciendo Bellas Artes. Le cogí un cariño especial en seguida. Era hermosa y simpática. Y se hacía querer.

Pero llegó la guerra.

Tras el ruido, los otros tres paramilitares, que se han levantado de golpe y han salido al patio, a trompicones, a través del boquete en la pared del salón, se muestran asustados —muy asustados, se diría— imaginándose lo que les pueda llegar a pasar por culpa de lo que haya podido hacer el payaso de su compañero.

—¿Pero qué coño haces, idiota? No habrás tocado a la puta, ¿no?

Pero Samardzic, recobrando el resuello y mitigando en parte la excitación responde que no, que tranquilos, que no está tan loco, que recuerda perfectamente las órdenes que les ha dado el comandante, y que por ello se ha desfogado únicamente con el chico.

Kovac le quita el fusil y le abofetea delante de sus compañeros, justo en el instante en el que, a través de la puerta de la cocina, aparece en el patio Kunarac, el comandante del batallón, acompañado de dos civiles.

Salvo la pobre Almira, y por razones obvias, todos los presentes se cuadran ante los recién llegados. En los rostros de la cuadrilla, aún descompuestos por el incidente de hace un minuto, hay más miedo que respeto. Conocen a su comandante, ese no es el problema. Pero también conocen de oídas la fama de ese otro hombre que de repente se ha convertido en el único centro de atención en esta reunión improvisada; un tipo gordo, enorme, de gran envergadura, de rostro mezquino, quizá traficante de armas, no saben, y al que en anteriores ocasiones han llegado a ver en compañía del mismísimo Raznatovic, fundador del cuerpo de la Guardia Voluntaria y para ellos la única potencia a la que obedecer por debajo de Dios Padre. Y eso es mucho decir. Así que ese es el problema.

No deja de llover. No muy fuerte, pero no deja de llover. Lo que sí ha dejado de sonar ha sido la música del radiocasete.

Ese hombre gordo, enorme y de gesto quedo, como anquilosado pero monstruoso, que siempre aparece acompañado de quien parece ser su guardaespaldas; un tipo también muy alto, de cara raspada, magro y fibroso, que viste ropa de campaña de color negro; guarda silencio mientras observa cómo Kunarac les pide explicaciones a sus hombres con su agresiva mirada.

—La chica está viva, señor. Solo ha perdido el conocimiento por culpa del cansancio —dice Kovac, con una voz demasiado entrecortada por el miedo para un asesino despiadado de cuarenta años.

Entonces el hombre gordo —enorme, a los ojos de todos esos asesinos— mira al comandante y, moviendo el bastón que lleva, le dedica un leve gesto, casi imperceptible, que resulta suficiente para ordenar que los dejen solos. Obediente, Kunarak manda salir a sus perros/tigres del patio, yéndose tras ellos, sin que se le ocurra siquiera imaginar qué salvajadas pueden llegar a hacer aquellos dos siniestros hombres, el gordo y el flaco, con la desamparada chica.

A la pequeña Almira nadie la enterrará en la fosa de Tomasica. La dejarán allí para que, cuando apenas unos segundos —a lo sumo un minuto— más tarde llegue yo desbocado por las prisas, pueda verla junto al cadáver de su hermano, atada al poste por el talle, y degollada con un punto en forma de cruz en su garganta.

6

LANA TURNER Y EL TAXISTA

Le encantaría poder pensar más en Adán, sentirse culpable por haberle sumido en esa confusión que ha visto dibujada en su semblante antes de abandonarlo, mortificarse por cada una de las lágrimas que a buen seguro él estará vertiendo en estos precisos momentos fruto de la perplejidad. Pero no. Lo cierto es que no. Que de momento Eva no tiene tiempo para eso. Eva, que a pesar de ir con sandalias anda a paso presto, con la mirada inquieta y el ánimo en vilo, como si la persiguiesen, solo tiene la cabeza para dudar seriamente sobre si encontrará un taxi a esas ardientes horas de un mediodía de julio, en fin de semana, y en un paraje que parece abandonado. Porque por culpa de la crisis del ladrillo, las inmediaciones de The Paradise, su urbanización, una especie de lujosa isla ubicada en una montaña pelada que se alza entremedias del cauce de dos ríos secos, que en nada se parecen al Tigris ni al Éufrates, son una fea acumulación de proyectos urbanísticos por desarrollar y solares despoblados, con apenas las aceras señaladas por un bordillo y sin farola alguna que los ilumine de noche.

El cielo se emborrona por momentos. Aquellas nubes, hace un rato apenas esbozadas, siguen aproximándose.

Al salir no ha cogido ninguno de los dos coches que tienen en casa. No ha sido un descuido motivado por las prisas. Lo ha hecho adrede. El instinto, ante un miedo cerval a que los tuvieran localizados y pudieran seguirla, le ha aconsejado abandonar su casa a pie. Con lo que a pie tendrá que salir de la urbanización y bajar toda la loma, una rampa de unos doscientos metros de larga, hasta llegar a la parada del bus que hay en su base y, una vez allí, rezar esperando a que la providencia no le sea esquiva y haga que milagrosamente encuentre algún medio de transporte que la pueda alejar lo antes posible de allí, del infierno en el que, paradójicamente, se acaba de convertir el paraíso. Mientras continúa el descenso, echa la vista atrás y ve los altos muros del vallado, el seto y la enorme puerta metálica tras la que se encuentra la vivienda que ya ha dejado de ser su domicilio. Es gracioso, pero, justo en ese instante, le da por acordarse de que la pasta que quedó en el fuego se habrá pasado ya de cocción, y eso, esa insignificancia, por extraño y simple que parezca, la sume en un repentino estado de enorme melancolía que solo se alivia en el mismo momento en el que, para su gozo y sorpresa, comprueba que junto a la parada del bus que queda justo antes de girar para tomar la cuesta de su urbanización, entre la marquesina y unos contenedores de basura, hay un taxi detenido con la luz verde.

Ese taxi, que a esas abrasadoras horas se encuentra aguardando la llegada de Eva en esa parada inexistente, es el mío. El que yo he conducido hasta aquí y he detenido al ralentí mientras ella llegaba. Sabiendo que iba a llegar.

Eva abre de forma impetuosa la puerta, permitiendo que tras ella una lengua de bochorno invada el interior del vehículo. Entra con la respiración agitada y visiblemente inquieta. Turbada, se diría.

—¡Qué suerte encontrarle, por Dios! No me lo esperaba.

Se sienta de forma precipitada. Se remueve. Mira asustada por la luna trasera, por las ventanillas, temiendo descubrir que en verdad alguien la sigue. Se agarra fuerte a la mochila colocándola sobre el regazo.

—Lléveme a la estación de Sants, por favor. Deprisa.

—Buenas tardes. —La miro por el retrovisor y sigo hablando—. *¿A Sants? Eso está hecho, señorita.*

Ella aún no ha reparado bien en mí. Los nervios y la excitación se lo han impedido. Lo hará dentro de unos minutos, ya más calmada, para comprobar que soy un tipo mayor, aunque de edad indefinida, con aires de hombre tranquilo y con pinta de llevar a mis espaldas tantos kilómetros como pesares. Que tengo grandes ojeras y que estoy encanecido y un pelín pasado de kilos. Tampoco, quizá debido a la sorpresa que le ha supuesto encontrarme, ha parado a preguntarse qué podría estar haciendo yo aguardando allí, en un lugar tan inesperado y a esas horas.

—Menudo calor —digo. Pero ella aún no responde—. Aunque igual acaba lloviendo. Mire por allí. —Y señalo los nubarrones que nos acechan con un movimiento de cabeza.

Vuelvo a mirar por el retrovisor y, sabiendo que su miedo no le deja darse cuenta de mi impertinencia —sé que es un gesto machista que a ella le molestaría mucho si lo percibiera—, no puedo evitar fijarme en sus largas piernas, brillantes por culpa del sudor tras la caminata. Lo siento.

Exhala con potencia un par de veces y una vez se le empieza a apaciguar un poco el pulso, Eva saca del bolso un teléfono móvil, le abre no sin cierta torpeza las tripas y le cambia la tarjeta por otra que acaba de sacar de un pequeño compartimento de su monedero. Sigue nerviosa y aún agitada. Baja la ventanilla apenas un centímetro y tira la vieja, después de partirla en dos pedazos.

Con el escaso tráfico que hay a esta hora, en poco más de veinticinco minutos estaremos en la estación. Mientras, vuelvo a mirar a través del retrovisor y veo cómo Eva palpa en su pecho el colgante con la pequeña llave que extrajo de la caja fuerte, y cómo repasa con la yema del dedo el relieve de la inscripción que hay grabada en ella. Es un número. Adán le preguntó mil veces por esa llave, que hasta que compraron la casa ella llevaba a todas horas colgando del cuello, y ella siempre le contestó que era un amuleto. Nada más lejos de una mentira. Esa pequeña llave, en realidad abre la puerta de una taquilla que alberga un pequeño estuche, no mayor que una cajetilla de tabaco, de color plata. Cada tres meses Eva se desplaza a un punto concreto de la ciudad y hace uso de la llave del colgante. Abre la taquilla, coge el estuche y se marcha sin mirar atrás. Justo tres meses más tarde realiza el proceso inverso y vuelve a dejar el objeto plateado en el vientre de la taquilla. Entremedias, durante los ochenta y nueve días y algunas horas restantes, el recuerdo del infierno enmudece, se disipa con la prontitud con la que desvanecen las pesadillas al despertar, y Eva se olvida totalmente de la estación y de la taquilla. Durante el tiempo que permanece en su poder evita todo lo posible tocar el estuche, como si le diera calambre, con lo que pasa a ser un objeto inoportuno guardado a escondidas de Adán en el interior del ropero, dentro de cualquier maleta o caja de zapatos, u oculto entre la ropa fuera de temporada.

Pero hoy, este sábado, no podrá evitar que la pequeña cajita no vaya a parar a un discreto rincón del armario —recordamos que ya no tiene casa ni, por tanto, tampoco armario donde poder ocultarla—, sino que irá a todas partes con ella y se volverá a convertir en la sombra amenazante de una noche de insomnio. En un maléfico conjuro. Porque lo que hay en ese estuche salido de la taquilla que abre la llave que pende de su cuello es para Eva la caja de Pandora, la voz del báratro, uno de esos mal de males de los que ya habló Dante en *La divina comedia* cuando describió el infierno moderno, aunque haya en ese libro más ficción que cartografía. Para que se entienda con qué está relacionado lo que guarda ese pequeño y llamativo estuche en su contenido, siguiendo el esquema del libro de Alighieri y teniendo en consideración la distribución que en él se hace del averno, diré que a Eva le correspondería penar, o bien arrastrando perenne una enorme losa de piedra, pues es así y en el Cuarto Círculo donde acaban vagando los avaros, o bien con sus delicadas carnes desgarradas a mordiscos por los monstruos que moran en el séptimo recinto del Octavo Círculo, que es donde los ladrones acaban por perder su propia identidad debido al indescriptible dolor que padecen.

O incluso un rato en cada uno de dichos tormentos.

Aún no han dado las tres y media cuando llegamos a la estación de Sans que, a pesar de la desolación general de la ciudad, muestra cierto ajetreo por la gente que huye de Barcelona para dar inicio a sus vacaciones.

—¿Tiene usted unas gafas de sol para dejarme?

Sin esperar mi respuesta, Eva alarga el brazo y me quita las gafas de sol que llevo puestas. Luego saca un billete de cincuenta euros y me lo pone en la mano. Como un canje.

—Y ahora va usted a ser bueno y se va a esperar hasta que yo regrese.

Y con todo el aplomo del mundo, con una solvencia muy cinematográfica que seguro se reconocerá de mil películas y otras tantas novelas de género, después de volver a mirar una vez más a todos lados, sale del vehículo con el bolso en bandolera, se ajusta un poco el vestido y con paso presto se dirige a la sala de consignas. Yo no puedo evitar cierta inquietud al verla marchar. A pesar de su fingida firmeza, a pesar de la seguridad que pretende trasladar con su andar firme, rápido y acompasado, como de abogada despiadada protagonista de un buen drama judicial, sé que en estos momentos tiene mucho miedo, se lo noto, casi puedo olerlo, lo que no hace más que confirmar las sospechas que me han traído hoy hasta ella, y reafirmar mi deseo, mi necesidad y mi obligación de protegerla.

Tiene cierto aire a Lana Turner, aunque en realidad no es tan rubia.

Mientras yo me mantengo alerta por lo que le pudiera pasar, Eva se va a mover decidida entre la multitud de la estación, que tampoco es tanta. Vaciado ya su cuerpo de cualquier sentimiento que pudiera resultarle un lastre, no tiene otro objetivo que llegar a la taquilla y coger lo que viene guardando allí desde hace tanto tiempo. Atenta a cada rostro, a cada mirada que conecta por azar con la suya, su mente se convierte en un procesador de datos tratando de detectar en el prójimo algún detalle, algún rasgo que se le antoje infelizmente familiar y amenazador. Como la de ese tipo que ahora parece que la mira zaíno mientras disimula apoyado en una columna. ¿La mira o no la mira? El hombre, con una cara angulosa, complexión poderosa y aire de rufián, tiene mala pinta. Toda la pinta de un matón. Así que el corazón le da un vuelco, como si se desbocase para luego frenar en seco, convencida de que es uno de ellos y de que al menor descuido se le va a acercar con discreción, por la espalda, y fingiendo un tropezón le va a pegar un par de pinchazos carcelarios con un punzón, un cuchillo o cualquier otro objeto fino y punzante a la altura del riñón, o un poco más arriba, horadándole el páncreas, haciéndole que se duela y se lleve la mano al costado, en un inevitable pero baldío esfuerzo por tratar de taponar el agujero por el que se le va a ir irremediablemente la vida. Pero parece que no. Falsa alarma. El sujeto que parecía sospechoso ahora se yergue, se incorpora separándose de la columna y avanza un puesto en la cola para sacar un billete. El no poder descartar la posibilidad de que le hayan seguido la intimida. «Igual estaban esperándome en las inmediaciones de mi casa aguardando a que la llamada provocara algún comportamiento impetuoso por mi parte», piensa de repente, mirando de nuevo cauta y vigilante y volviéndose a cerciorar de que el tipo que parecía observarla en realidad no está por ella. Así que, escondida tras mis gafas de sol, esas que he dejado que me quitara, de forma concienzuda ahora coteja cada ojo, cada labio, cada arruga, cada rostro con el que se cruza mientras alcanza la sala de las taquillas. Intenta mostrar, ya digo, la misma frialdad y la determinación en sus movimientos de las protagonistas —heroínas o malvadas— de las pelis de cine negro, de esas historias que tanto le gustan leer, pero no lo consigue del todo. Porque en verdad no se parece tanto ni tanto a Lana Turner.

Al llegar por fin a la zona de consignas echa una nueva mirada nerviosa a izquierda y derecha y luego abre con la pequeña llave del colgante la taquilla número 85 —el año de su nacimiento— cuyo alquiler mensual llevan pagando estos últimos años mediante transferencias periódicas realizadas por nombre de una mercantil ficticia. Una vez abierta, sin dejar de mirar a ambos lados para certificar que nadie está reparando en lo que hace, de su interior extrae un pequeño estuche plateado que alguien, hoy mismo, no hace tantas horas, esta misma mañana, ha depositado allí adentro. Siente, después de tres meses sin hacerlo, su frío tacto, su forma rectangular y pequeña, su escaso peso. Y un pequeño temblor le recorre en ese momento todo el cuerpo.

Solo es el miedo.

La megafonía de la estación, anunciando que en la vía 2 un Alvia está a punto de salir dirección Murcia, la aploma de nuevo, resituándola en el espacio y en el tiempo. Aun así, tras esos segundos de pánico, se le ha quedado la boca seca y cierta acidez en el estómago. Mientras vuelve a cruzar en diagonal y a paso ligero toda la estación hasta la puerta lateral por la que ha accedido, para tratar de templarse piensa de nuevo en Adán, en los sábados en pareja, en la pasta cociéndose en el fuego, en esa botella de Arbossar de 2017 que se ha quedado abierta sobre la isla de la cocina de su hermoso bungaló. De su pequeño edén.

Cuando ella regresa al taxi, yo disimulo la tensión que he acumulado durante su ausencia fingiendo que me he quedado traspuesto.

—Vámonos. Rápido, por favor.

Se acomoda inquieta en el asiento del coche, mira por la luna trasera cómo nos vamos alejando de la estación, y nota cómo, entre latidos atropellados bañados en sudor frío, le abordan de nuevo extractos de conversaciones que parecían olvidadas, pasajes de un pasado irreconciliable. Este en concreto:

«No sé por qué te quiero tanto. Bueno sí lo sé. Eres decidida, hermosa y un tanto malvada. Me pone mucho tu piel tan blanca. Pareces un ángel. O una virgen. Deberías dejarle el negocio a tus amiguitas del alma y venirte a trabajar para mí, a dirigir los míos. Serías mi mano derecha, pequeña. Entonces sí que te ibas a forrar».

—¿Dónde quiere que la lleve ahora?

—Al aeropuerto, por favor. Y rapidito.

7

Les gusta leer

Retrocedamos unos años. Siete, concretamente.

2013. Adán, con treinta cumplidos, es biólogo y lleva ya un tiempo ganándose bien la vida en una multinacional vestida de acrónimos, que desarrolla interesantes proyectos de biotecnología y está ubicada en el Parque Tecnológico.

Eva, por aquel entonces con unos hermosos veintiocho, ya es algo así como una eficiente y próspera *madame* con una licenciatura *cum laude* en Empresariales.

Adán sale, o más bien vive ya los fines de semana, con Luisa, una compañera de departamento. Y ello a pesar de que tuvieron un mal comienzo. Hace unos meses se cruzaron en el pasillo y ella le felicitó por su ascenso. Él, muy agradecido, se hizo durante un par de semanas el encontradizo, provocando alguna conversación intrascendente y graciosa, hasta que la tierna sonrisa de ella y esa evidente dificultad que mostraba para ocupar las manos cuando se la notaba nerviosa, le hicieron coger la suficiente confianza como para invitarla a cenar en un restaurante que parecía de moda. Pero la cena resultó mala y cara y el servicio dejó mucho que desear. Además, nunca se sintieron cómodos del todo y no encontraron una pizca de complicidad, por lo que optaron por pasar la velada entre risas forzadas y chismes de oficina. Al terminar, camino de la parada del metro y envueltos en un silencio que sin duda anunciaba distancia, para sorpresa de Adán fue Luisa la que propuso alargar la noche tomando una copa en un pub tranquilo del que alguien le había hablado.

A ambos no solo les une un horario común de oficina, sino también un saco de ilusiones de lo más ordinarias: acabar casándose, comprarse un pequeño chalé y viajar una vez al año a conocer algún destino exótico en el extranjero. En hijos no, pero sí que sueña con tener un perro al que incluso ya le ha pensado el nombre.

Eva, que otra cosa no, pero siempre ha tenido alma emprendedora, trabaja por su cuenta. Viaja cuanto puede, solapa amantes pasajeros y vive en un estudio del centro, coqueto pero pequeño, de alquiler. Las relaciones apenas le duran lo que tardan sus parejas en sentirla necesaria o en querer sobreprotegerla; a ella, que mide lo que mide y que tiene un coraje y un aplomo que para sí los quisiera un titán. Al último, por ejemplo, lo despachó la mañana en la que él le encontró una peca en su hombro derecho. Teniendo en cuenta el poco tiempo que hacía que la conocía y se acostaba con ella, a él aquello no solo le pareció un descubrimiento emocionante, sino también algo así como una señal astrológica y una prueba inequívoca de que ambos estaban predestinados. Esa noche follaron hasta caer rendidos. Al despertar y cruzarse las miradas, no se sabe muy bien por qué, pero él interpretó en el verde cansado de los ojos de ella, evidencias de su entrega y admiración, y en pago le regaló una sonrisa paternal y condescendiente. Luego, en medio de una nueva erección, justo al ir a ponerse encima de ella y volverle a hacer el amor, fue cuando le descubrió la peca en el hombro. Y entonces, en un gesto más de rendición que de otra cosa, detuvo la embestida y acercó sus labios hasta llegar a besar con ternura la pequeña mancha del hombro, pronunciando al mismo tiempo un dulce *teamo* que en ella solo provocó un respingo.

Eva no dejó ni que el tipo se duchase, y ya no le ha vuelto a coger el teléfono.

Junto a dos compañeras, Raquel y Lorena, a las que conoció en la universidad y con las que se ha hecho inseparable, ha montado una pequeña empresa a la que han llamado Beautiful 3, que en apenas un par de años de vida prácticamente las ha encumbrado en su sector de mercado. Las tres son mujeres muy inteligentes.

A Adán le encanta leer. Y también le gusta mucho escribir, aunque no tiene demasiado talento para ello. Ha intentado, en vano, cuadrar una novela, de estructura un tanto inconexa, ritmo lánguido y lenguaje muy cuidado, que habla de un tipo narcisista y débil, aunque despiadado; y también envió una colección de cuentos, con tramas intimistas y paisajes catastróficos, a una editorial que no le respondió. Ha conseguido, eso sí, que le publiquen varios poemas en ciertas revistas digitales. No es que lo haga mal, sino que en el mejor de los casos tan solo lo hace como muchos. El año pasado, cuando aún estaba sin pareja, escribió una frase que reconozco hermosa. Decía así: *Las personas somos fundamentalmente unidades temporales. Seríamos presente para quien nos acompañara. Somos pasado para quienes nos dejaron, y seremos mañana para nadie.* Como se puede apreciar en el tono, para Adán, que no deja de ser un poco pesimista, por no decir depresivo, el tiempo solo es un estado de ánimo. Así que quedémonos en cualquier caso con la cita, porque es hermosa y dice mucho de él.

A Eva también le gusta leer —ya lo he dicho— desde que era pequeña, pero a ella nunca le ha dado por escribir, a pesar de que quizá tenga la suficiente sensibilidad artística para intentarlo. Es una persona práctica y eso lo deja para otros. Si no puede mejorar lo que lee, es una tontería intentarlo. Pura petulancia, piensa. Pero le gusta tanto leer que siempre lleva o la *tablet* o un libro en el bolso para aprovechar cualquier momento muerto, el tiempo que pasa en el transporte público, por ejemplo, para leer unas líneas siquiera. Devora los libros. Lee tan rápido que es como si caminara por encima de las letras sin apenas tocarlas, olvidando con facilidad las historias que los libros le cuentan, pero extractando con la mayor naturalidad y pericia la esencia de lo que pretenden contarle.

Ambos, Eva y Adán, que aún van a tardar unos años en conocerse y besarse, lo que por primera vez no harán aquí en Barcelona, sino en un simpático restaurante de un pequeño pueblo costero de Castellón, coinciden ahora en el andén de la parada de metro de Verdaguer. En el exterior, cielo encapotado, brisa invernal y, por tanto, una tarde destemplada. Megafonía y calor mecánico en el interior. Él está sentado en uno de los bancos metálicos, dándole la espalda a un anuncio de telefonía. Ella, de pie, con las piernas cruzadas, se apoya en la pared abovedada. La parada está llena de gente ausente, como el mundo que he creado. Ambos leen. Él, una edición de bolsillo de *Noche oscura del alma*, de San Juan de la Cruz. Ella, *Adiós, muñeca*, de Raymond Chandler, en archivo PDF en el libro electrónico. Cuando llega el tren los dos se incorporan casi al mismo tiempo, como dos pajarillos elevándose al unísono de la misma rama. Entran casi a la vez por la misma puerta y en el mismo coche, y a punto están de sentarse el uno al lado del otro. Hubiese sido gracioso.

En uno de los extremos de ese mismo vagón hay un tipo, con aire despistado, que no les quita a ambos los ojos de encima. Lo hace con total discreción, con una mirada paternal, serena y todavía despreocupada. Es un tipo que lleva un tiempo siguiendo a Eva, más o menos atento a todos sus movimientos desde que sabe que, al haberse aliado empresarialmente con gente peligrosa, sus negocios han cobrado una deriva que no augura nada bueno. Un tipo que soy yo.

8

Una casa vacía

Ya ha transcurrido más de media hora desde que ella se marchó y Adán se acaba de incorporar después del golpe recibido. Hasta este momento se ha pasado todo el tiempo como ella lo dejó tras el portazo; sentado en la cama y rebosando tanta soledad y crudeza como un cuadro de Hopper, una escena de Steinbeck o una canción de Springsteen.

Abatido, con los brazos caídos y el alma difusa, se dirige lentamente hacia la cocina atravesando un pasillo tan ensombrecido por las nubes que acechan en el exterior, como por culpa de su propia pesadumbre. Ha de llevarse la mano al pecho y oprimirlo con fuerza, no vaya a ser que se le desboque. Siempre ha sido muy hipocondriaco. Además, nota una pequeña zona muerta en la cara, la sensación de tener algo dormido o acolchado en la comisura derecha de la boca, justo en el punto exacto de la mejilla donde Lidia no le ha besado al despedirse de forma tan brusca e inesperada.

Ni tan siquiera me ha besado. Piensa.

El agua de los espaguetis se ha salido de la cazuela y ha provocado una enorme nube de vapor que lo envuelve todo en un manto tan húmedo como metafórico. El almidón de la pasta ha hecho una costra en la vitrocerámica que va a costar limpiar. Con la laxitud propia del que desfallece, del que anda a cámara lenta, o del que no sabe dónde dirigirse, abre el ventanal de encima del fregadero que da al pequeño jardín; donde hay un balancín, una mesa y cuatro sillas de teca, y donde aún están las copas vacías del *gin-tonic* que se bebieron anoche bajo la luna, antes de irse a la cama y hacer el amor de forma blanda, aunque no exenta de cariño; y retira con cuidado la olla del fuego. El vaho huye liberado y la estancia se depura, se despeja, dejando millones de gotas de agua —qué bello si fuera rocío— sobre la encimera, de los electrodomésticos más cercanos y de las dos copas de vino. La música sigue sonando, aunque ya no es la misma canción. Para su desgracia, porque la música tiene la facultad de ahondar en los estados humanos más sensibles con la misma facilidad con la que la herrumbre corroe los metales más duros, la canción que se escucha ahora es una balada algo gelatinosa que habla de abrazos perdidos y camas deshechas.

Aquellos densos estratos que hace un rato se veían a lo lejos, más allá de Collserola, se han acercado tanto a la urbanización que prácticamente la cubren ya turbia y gris hasta casi ennegrecerla.

En una esquina de la mesa que hace de isla en la cocina, está su móvil. Está totalmente empapado tras el hervor. Lo coge y lo limpia con la palma de la mano, tocando la pantalla para ver si aún funciona. Y funciona, claro. No sabe qué hacer con él. Piensa en llamar a su madre y preguntar por su padre. Las madres suelen ser siempre un buen recurso cuando la gravedad no te deja hacer, porque te llenan la cabeza de preguntas innecesarias que a la vez te la despejan de las cosas trascendentes. Además desde su presunta madurez, a su madre le une una relación extraña. La quiere, la necesita, la añora incluso cada día pero, al mismo tiempo, cuando lleva solo unos minutos hablando con ella se siente tan incómodo como cuando de niño lo repeinaban antes de salir de casa. Por eso lo descarta. También le tienta la idea de llamarla a ella, pero algo le dice que no lo haga, que sea prudente y que deje pasar al menos unas horas. Su reflexión es la siguiente: si, sea cual sea, el problema persiste, de nada servirá llamarla y que no le coja el teléfono. Si, por el contrario, la cosa no va a mayores, de nada servirá llamarla e importunarla, por lo que habrá acabado siendo una tontería.

Así que descartadas las dos llamadas, sin otro motivo que no tener mayor motivo, lo que hace es ponerse a trastear entre las fotografías buscando en alguna el rostro de su amada, la mujer que para él continúa llamándose Lidia. Entre lágrimas resecas va deslizando la pantalla poco a poco hasta que se detiene en una de las últimas fotos que le hizo, hace dos fines de semana, aquel domingo de paella y arrumacos en una playa cercana a Girona. Sonríe. Se emociona. A pesar de los casi quince días que han transcurrido desde que se tomó la fotografía, lo curioso es lo mucho que le abruma la sensación de que esa imagen y no otra representa el recuerdo más vivo que tiene con ella. Parece no solo que se le hayan borrado de golpe los últimos días de convivencia, sino que incluso se tenga que esforzar para recordar las últimas horas del día de hoy, desde que ambos amanecieron abrazados, sin prisas y con la pereza que dejan las dulces resacas, se ducharon, leyeron la prensa cada uno en sus tabletas y luego decidieron que harían pasta para comer. Sin esa foto que acaba de abrir en el teléfono, en la que ella sonríe con una pajita entre los labios bebiendo de su lata de Coca Cola, su amada apenas se le presentaría como un posible sueño lejano e impreciso.

Amplía la fotografía y no puede evitar seguir sonriendo entre sollozos al ver —y recordar— el instante justo en el que Lidia se sujetaba la pamela para evitar que se le echara a volar por culpa de la brisa marina. Y con el pecho de nuevo acelerado por culpa de la nostalgia, de repente cae en algo que no advirtió cuando tomó la instantánea y que hasta ahora le había pasado desapercibido. Algo extraño hay en la imagen que hasta ahora no había llamado su atención. Alguien parece que está observando a Lidia en un segundo plano y desde una esquina del encuadre.

Suena un trueno en la lejanía.

Sí. Es verdad. Ni miente, ni se equivoca. Al ampliar todo lo posible la imagen, comprueba que no estaban solos y que alguien miraba a su chica mientras posaba para él aquel día en Cala Jonquet, donde comieron, se bañaron y, creyéndose amparados por la recóndito del paraje, después acabaron metiéndose mano al abrigo del sotobosque, de las matas de lentisco y de jara que circundan aquella cala gerundense. ¿Una casualidad? ¿Mera coincidencia? ¿Un dominguero como ellos que justo en ese instante pasó y, atraído por las risas, se quedó mirando accidentalmente un par de segundos la escena de amor que los dos componían? A la derecha de la imagen se ve una cabeza de alguien agazapado que asoma tras unas rocas. A pesar de que se ve muy desenfocada, se podría asegurar que se trata de una mujer morena y de largos cabellos. El descubrimiento lo deja perplejo. No hay razón para ello, pero lo deja perplejo. Porque, aunque lo más razonable y lógico es que solo se trate de una coincidencia, debido a los últimos e intempestivos acontecimientos no puede evitar la tentación de tratar de encontrar relación entre lo que acaba de suceder en su casa y aquel rostro difuso que se coló en la foto. No tiene nada más que hacer ni tampoco a lo que aferrarse. Además, descarta que ese repentino y detectivesco interés sea consecuencia de un acceso paranoico porque, el caso es que, con tan solo echarle un poco de memoria al asunto, a Adán le asalta el runrún de que el rostro desenfocado y difuso de aquella furtiva persona —quizá por el color y el largo de sus cabellos— le resulta un tanto familiar.

Ahora que acaba de cesar la música y que hace ya casi una hora que enmudecieron las caricias, el silencio de la casa es doloroso. Las habitaciones suenan a nada, los muebles también están mudos y la tarde incipiente se ha oscurecido lo suficiente como para que cueste convencer a nadie de que aún no deben de ser más de las cuatro. En medio de esa encapotada desolación, Adán se concentra en tratar de pensar dónde y cuándo ha visto antes el rostro de esa enigmática mujer. Como si hubiera encontrado la clave de un enigma va hacia ese portátil que siempre tienen encendido bajándose música o series de Netflix o de la HBO, y decide rebuscar entre todos los álbumes de fotos que han acumulado como pareja en estos últimos dos años y pico. Granada, la primera Semana Santa en común. Edimburgo, aquel primer verano. Asturias, el puente de diciembre. Y allí, en una de las fotos de esta última carpeta, se encuentra de nuevo con ese enigmático rostro. La misma mujer, alta, morena, cabello eterno. Esta vez aparece sentada dos mesas más hacia la izquierda de la que ellos ocupaban en aquel pequeño café de Ribadesella, cuando entre risas se hicieron el *selfie*. Mira hacia ellos y está acompañada de otra chica, también morena. No hay margen para la duda. Excitado —a este paso no va a haber manera de apaciguar el ritmo de sus pulsaciones— por lo que entiende es un descubrimiento significativo, aunque un dato de momento inexplicable, repasa al detalle el resto de álbumes hasta encontrar alguna otra extraña coincidencia. En Granada, por ejemplo, en aquella tetería del Albaicín en la que Lidia y él se comieron a besos, la mujer, o al menos una que vuelve a parecérsele bastante, se ve de nuevo sentada en una de las mesas del fondo, mirándoles con un deje que bien pudiera ser de envidia.

Girona, Asturias, Granada. Frunce el ceño concentrado. Tranquilízate. Piensa. Al margen de los besos, el sexo complaciente y los paseos de la mano, al margen de los rostros de mujer que acaba de descubrir observándolos, Adán sabe que aún se le escapa alguna otra coincidencia que unifique esos viajes; un hilo conductor que explique tantas casualidades. Piensa. Se concentra. Y entonces lo recuerda. Sí. En todos ellos, en todos esos viajes y en otros tantos que ahora empieza a recordar, Lidia siempre se escapaba a dar un paseo, ella sola, con algún inocente pretexto, dejándole a él sesteando o leyendo en el hotel. Luego regresaba y a Adán le costaba no preguntarle dónde había estado y por qué a veces la encontraba algo turbada y, quizás otras veces, un tanto ausente.

Entonces repara en otra carpeta que lleva por nombre B-3 y la abre, más movido por la inercia que por la curiosidad. Nunca antes se le hubiese ocurrido fisgar en las cosas de ella, de hecho duda si hacerlo o no sabiendo que no es en absoluto lo adecuado. Pero la abre. Esta nueva carpeta no contiene fotos de sus viajes, en ella solo aparecen otras carpetas, decenas o cientos, nombradas cada una con unas iniciales y una fecha, que contienen a su vez imágenes de mujeres y hombres desconocidos, de distintas edades, posando como modelos frente a la cámara con poses más o menos profesionales, muchas sensuales y otras más obvias y provocativas, como si se tratase de un *casting* erótico o pornográfico. Entre las decenas o cientos de subcarpetas que componen la carpeta principal, también hay —y curiosamente, esto es lo que más le descoloca— una con el nombre de *Friends* en la que, al abrirla, ve varias fotos donde aparecen Lidia —aunque, en algunas, con otro corte y color de pelo—, la misteriosa morena y otra chica a la que también ha creído reconocer en alguna de las fotos de sus vacaciones. En todas aparecen las tres riendo o bromeando, lo que evidencia que se conocen y que existe cierta intimidad entre ellas.

Retumba un trueno más, tan lejano como el anterior, pero algo más sostenido en el tiempo.

Adán está tan confuso como esperanzado. No entiende nada. No entiende qué pueden tener que ver —si es que tienen algo que ver— esas inexplicables coincidencias con la repentina y misteriosa marcha de Lidia de hace un rato. Pero al mismo tiempo cree disponer de un punto de arranque para comenzar a entender todo este despropósito. Cree haber encontrado el cabo del hilo del que empezar a tirar para desenredar la madeja que le tiene engrilletado desde que ella abrió la caja fuerte, metió cuatro enseres en una mochila y se marchó precipitada. Sin ni siquiera besarle.

Y en el chalé ahora reina un triste y silencioso silencio, si no atendemos el ruidoso vértigo de sus latidos.

9

EL HUEVO DE LA SERPIENTE

Hay tantos demonios como hombres candidatos a serlo.

El 18 de enero de 1965, que era lunes, Lucino se supo por primera vez un diablo. Un hijo de puta. No son mías, sino suyas las palabras, pues así se lo contó a otro traficante gallego años más tarde, ya cumplida una edad indefinida, antes de degollarlo con sus propias manos. Le contó algo así:

«Yo apenas era un chaval pero, justo ese día, supe que iba a ser para los restos un diablo, un verdadero hijo de puta. Verás. Ese día, al salir del instituto, aguardé tras una esquina a que pasase Julián, el hijo de un idiota que le debía dinero a mi padre, por un préstamo que le había hecho unos meses antes. El padre no le pagaba al mío, a saber por qué, igual no podía el hombre, pero el subnormal de Julián, un chulito con bigote y peinado a lo *mullet*, se jactaba de ello en los recreativos diciendo que a los usureros había que pararles los pies, que son unas sabandijas. En el pueblo todo el mundo sabía a qué se dedicaba mi viejo, por lo que no era extraño que uno dijese en público que había acudido a él y no al banco a que le sacara de un atolladero. No era ningún desdoro. Se pasaba mal, por aquellos años.

»Pues bien. Como te cuento. Alguien me vino con la historia y yo, aunque siempre he odiado como el que más a mi padre, otro hijo de puta, me juré que el subnormal de Julián tenía que pagarlo. Así que me pelé la última clase del instituto y le esperé camino de su casa, tras una esquina que daba a un descampado.

Estaba oscuro. Recuerdo que aquellas navidades habían sido muy frías. Cuando el idiota aquel pasó camino de su casa le sorprendí saliendo por detrás y le pegué cuatro o cinco pinchazos —no recuerdo bien el número exacto— en los riñones, con esta navajita de empuñadura de nácar tan guapa que le compré a un marinero brasileño unos días antes. Julián ni me vio. Cayó allí doliéndose y chillando como un gato. Y aunque para no engañarte te diré que mi intención no iba más allá de darle un buen susto, lo bueno es que, al parecer, una de las punzadas le tocó no sé qué nervio y el chaval se quedó para los restos en silla de ruedas. A seis operaciones le sometieron en A Coruña. Y nada.

»Y por qué digo que desde ese mismo día sé que soy un verdadero hijo de puta. No lo digo por lo de los navajazos, qué va, que si no se los hubiera dado yo, al final se los hubiera dado cualquier otro, porque aquel chaval era un puto bocazas, sino porque nunca me importó que el tío se quedará inservible. Casi lo contrario. Tiempo después, cada vez que lo veía, me divertía pensar que había sido yo el causante del estropicio. Alguna vez incluso me paré a hablar con él y me presté para empujarle la sillita. Como te cuento».

A renglón seguido, y sin más preámbulos, le apuntilló la garganta a aquel narcotraficante que pretendía hacerle la competencia.

Hasta que ocurrió lo que ocurrió con el desgraciado de Julián, Lucino solo había sido un adolescente consentido y problemático, un joven mal criado desde la cuna por un usurero al que quedarse viudo —la madre del diablo se murió en el parto— solo le importunó, porque tuvo que gastarse un pequeño sueldo en contratar a otra mujer que le hiciera las cosas de casa, pues por lo demás, ya iba de putas con la esposa viva, y siguió yendo cuando la mujer faltó. Un tipo, Lucino, que vivió de su padre y a la sombra de su avaricia, hasta que con iguales artes consiguió dejarlo en la ruina y arrinconarlo en un triste geriátrico cercano a Careixo, como a un Saturno devorado. Pero a partir de aquel primer incidente de verdadera y disfrutada maldad que, según él mismo asegura, supuso la epifanía de su nueva esencia, Lucino, que aunque espigado, era un tanto enclenque y delgaducho, pegó un inesperado estirón, una especie de desmedida mutación que lo convirtió en muy poco tiempo en una mole alta y ancha como un brontosaurio.

Lucino Requeijo Cotobad. Así se llamaba por entonces aquel joven.

10

Llaman a la puerta

Y tan solo como el mar, tan recogido
como el mar, solo el mar puede
verse a sí mismo, porque está solo

Sin mi complejidad no sería
eterno,
sin el remolino y la marejada,
no alcanzaría a ser inmenso
en mí mismo, ni mi color
sería glauco

Tierra que de lejos vienes a verme
y tantas veces no me ves,
que me das tus deseos y yo con ellos
me enriquezco, me contento y quedo ahíto
Tierra callada, anhelante
y curiosa, que sabes de mí
por referencias del sol,
la luna calla, sin embargo,
siempre muda, siempre quieta

Y ahora me calmo por verte
serena
Tú me contagias y apagas
mis ansias y yo te visito,
acaricio tus costas y prendo

en mi pelo, como guirnaldas,
trocitos de piel,
que sin esfuerzo, a mí vienen
anunciando que acabaste
tu guerra calma,
que por calma, ya no es guerra,
sino eterna tregua

En estos versos que Adán le escribió a Lidia en junio de 2015, una tarde que salió brumosa, él se ve a sí mismo como el mar y habla de ella como si fuera la tierra. No entraré ahora en simbolismos. Solo diré que, en una muestra ocurrente y no sé si también recíproca de amor, ambos decidieron dos cosas con respecto a este humilde poema: enmarcarlo en negro con un paspartú blanco, y que fuera el primer cuadro que colgara de su nueva casa recién estrenada.

Han pasado otros diez minutos eternos durante los cuales el chalé ha adquirido unas dimensiones ciclópeas. Las estancias parecen altísimas, los pasillos, corredores inacabables y los muebles, que proyectan tétricas sombras rampantes en las paredes, parecen que han crecido de tamaño, volviéndose objetos, no desproporcionados, sino incluso grotescos. Todo es culpa de la sensación de insignificancia que en estos momentos arrastra Adán.

Porque ahora, tras el ímpetu inicial y después de esos recientes y prometedores descubrimientos, Adán se siente solo de verdad. O, mejor dicho, se vuelve a sentir solo, pues es alguien que recurre en multitud de ocasiones a ese sentimiento de vacío tan autocompasivo. Como si el sentirse solo fuera una muletilla. Ahora sin embargo se siente tan solo, por ejemplo, como se sintió el día —ventoso— y a la hora —vespertina— en el que por el neurólogo se enteró de que su padre tenía Alzheimer. Tan solo se siente ahora, como cuando aquella vez al llegar de noche a casa abrió la carta de despedida que le había escrito Luisa. Se siente tan solo, como el primer día, allá en la tardía adolescencia, en el que se quedó desnudo frente a una mujer por primera vez.

Aunque sé que es algo difícil de entender, Adán justifica su miedo a la soledad, pretendiéndola.

Abatido, casi lánguido, en tanto espera con resignación cristiana cuál puede ser su siguiente paso hacia el abismo, le da por caminar por esa casa que ahora es enorme ante sus ojos, mirando aquí y allá, un poco lelo, en busca de lo inexistente. La casa está limpia y ordenada. Quizá unos libros desperdigados aquí o allá, quizá unos cojines amontonados. Pero poco más. No hay polvo ni desorden. No hay pelusas en las esquinas o debajo de los muebles. Aunque es sábado y Cris, la chica de la limpieza, no ha de volver hasta el lunes, da igual. Adán y Eva no ensucian y apenas entorpecen la quietud del mobiliario. Viven su amor pisando de puntillas, como invitados humildes, como furtivos cautelosos, como esos enamorados que parece que levitan. Recorre lentamente el salón y la cocina, abre y cierra puertas con cuidado de no sobresaltar su propia soledad, se asoma nostálgico al jardín trasero, esta mañana bendecido por el sol y ahora saturado por tan inesperada penumbra. Cuando pasa por el recibidor, después de acariciar y oler uno de los abrigos de Lidia que hay colgado en el perchero, observa los cuadros de la pared y se detiene frente al del poema. Se detiene, se fija en él y al instante recuerda el día y el momento exacto en el que lo escribió. Recuerda el impulso detrás de cada uno de sus versos —*solo el mar puede verse a sí mismo, porque está solo*—, y el suspiro que acompañó a todas y cada una de las imágenes que creó en él —*tierra que de lejos vienes a verme y tantas veces no me ves*—. Luego siluetea el marco con el dedo y lo recita de memoria con la misma emoción e idéntica exaltación del que declama un salmo. El poema. La Tierra y el Mar. Lidia y él.

Y estando de nuevo en medio de otro preocupante rapto melancólico, suena el timbre de la puerta y Adán se precipita a abrirla convencido de que Lidia ha vuelto y de que la pesadilla ha terminado. Ni se le ocurre barajar otras opciones. Es ella, sin duda, solo habrá tenido un arrebato cuyos motivos ahora, con calma, le explicará, pero ha vuelto. Es ella y, por tanto, con ella vuelven de nuevo la claridad del día, la calma del alma y la seguridad del hogar. Con ella vuelven los sueños domésticos y los planes inmediatos; sigue en pie, por tanto, la reforma del baño de invitados y no se aplaza el viaje a Viena para este próximo octubre que ya tenían prácticamente embastado. Con ella los sábados volverán a hervir los espaguetis. No cabe otra. Así que abre la puerta como un crío entusiasmado les abriría a los Reyes Magos.

—Buenas tardes.

—Hola. Buenas tardes.

—¿Dónde está Eva?

—No. Lo siento. Aquí no vive ninguna Eva. Se han debido de equivocar —responde con una más que evidente desilusión.

Adán cambia la sonrisa entusiasmada por otra simplemente cortés que disimule su decepción, y trata de cerrar la puerta. Pero entonces uno de los dos imprevistos visitantes se lo impide, dándole un empujón que, a punto de golpear en la frente a Adán, acaba abriéndola de par en par.

—Pero, ¡qué coño!

Los dos desconocidos cruzan el zaguán y, ante la estupefacción del propietario, que al retroceder para evitar el golpe de la puerta ha tropezado y ha acabado por descolgar con el hombro el cuadro del poema, que ha caído haciendo añicos el cristal, acceden violentamente al interior de la vivienda.

—Salgan inmediatamente de mi casa. ¡Salgan, por favor! Si no lo hacen me veré obligado a...

—¿A qué? —le interrumpe la persona que encabeza tan inesperada visita, haciéndole callar llevándose condescendiente un dedo a su boca.

Se trata de un hombre corpulento, enorme como un mamut, que en la cara tiene una sinuosa cicatriz que le babea desde la comisura hasta el mentón, acentuándole cualquier mal mueca que se le ocurra hacer. Su rostro carece de tono muscular, tiene los párpados caídos, bolsas violáceas en los ojos, unos pómulos destensados que desembocan en papada, y una boca con un belfo como de sapo. Viste ropa que se aprecia cara, pero que resulta de lo más estridente. Una camisa lila, americana amarilla y pañuelo verde en el bolsillo, componen un atuendo que le hace parecer un proxeneta del Harlem de los años 70. Lleva también un bastón metálico bruñido y reluciente hasta el destello, con empuñadura labrada de indescifrables arabescos.

Le acompaña un individuo aparentemente antagónico a él. Los dos desconocidos solo coinciden en su enorme altura y en la hueca y fría expresión de sus ojos.

El segundo tipo es flaco, huesudo, de talle casi afilado pero algo encorvado. Si el primero tiene un rostro caído pero terso, el de este es curtido, sarmentoso y ajado por mil arrugas. Es de cabellos totalmente canos y los lleva rasurados como un militar. Viste camisa, americana y pantalones de un blanco absoluto, que contrastan con la impactante negrura de sus zapatos y resaltan entre la penumbra que anega la vivienda. No ha abierto la boca. Por su silencio y su actitud, se le nota una evidente y reverencial sumisión con respecto al hombre gordo. En medio de la confusión tras la atropellada entrada, Adán ha tenido un segundo de extraña lucidez para encontrarle un parecido interesante con un actor del viejo Hollywood del que, sin embargo, o no conoce o no recuerda el nombre.

Ya contaré de este individuo más adelante. De los dos intrusos. Y de cómo se conocieron.

La comitiva recorre el pequeño pasillo y accede al salón. Con una mezcla de clara displicencia y ciertos toques de curiosidad, el hombre obeso se da una vuelta por la estancia mientras su chupado acompañante permanece con gesto quedo y amenazante a un metro de Adán, al que la mera presencia de esta figura tan circunspecta y fiera lo mantiene paralizado. Nadie habla; Adán porque ha enmudecido de miedo, los extraños, porque no lo necesitan. El gordo mira atentamente los cuadros de la pared, como tan solo un minuto antes hacía Adán en su peculiar viacrucis melancólico por la casa. Se detiene frente a unas baldas con libros y roza con los dedos sus lomos mientras lee los títulos casi en un susurro.

—*El halcón maltés*, *El cartero siempre llama dos veces*, *¿Acaso no matan a los caballos?*, *El largo adiós*. También veo algo de Juan Madrid y de González Ledesma... No está mal, no. Seguro que esta tiene que ser la estantería de Eva —concluye, rematando con una sonrisa.

Luego coge uno, lo abre y durante casi un minuto lo hojea en voz alta, elevando súbitamente el volumen como para hacer que el tiempo se detenga de forma absurda y artificial, como si lo hubieran congelado.

«*(...) Dick le dijo que se levantara, pero él no se movió, o no se movió lo bastante rápido, porque Dick le dio un puñetazo y lo sacó de la cama, y yo le dije: "No tienes por* qué pegarle, Dick". Y al chico le dijo que se pusiera los pantalones (solo llevaba encima una camiseta). Se puso unos vaqueros, y acabábamos de encerrarlo en el baño cuando apareció la chica. Salió de su cuarto, completamente vestida, como si llevara ya mucho tiempo vestida, como si llevara ya mucho tiempo despierta. Me refiero a que se había puesto los calcetines y las zapatillas, y un quimono, y llevaba el pelo recogido con un pañuelo. Trataba de sonreír, y dijo: "Dios mío, ¿qué pasa? ¿Es una broma?" Pero no creo que pensara que aquello era una broma. Y menos cuando Dick abrió la puerta del baño y la metió dentro a empujones...»

Quién se pone a leer un libro a gritos en medio de un allanamiento.

—*A sangre fría*. ¿Lo has leído? —le pregunta a Adán con confianza, bajando el tono de nuevo, como si se conociesen y la familiaridad le permitiese esas frivolidades—. ¿No? Pues te lo recomiendo.

Luego lo tira al suelo con desprecio.

Mientras a Adán el miedo y la confusión lo mantienen tan inmovilizado que, de haber querido responder, ni su laringe ni sus cuerdas vocales habrían reaccionado, el gigante continúa echando un vistazo al entorno, pasando revista con detalle del estado y la limpieza de los muebles, deleitándose un segundo con la fragancia de las flores del búcaro que hay junto al Edison, escudriñando con curiosidad entre los vinilos, o pasando frente a los cuadros del salón con el anodino interés del reincidente visitante de un museo. Anda lento y pesado. En esa lenta inspección se detiene frente a una de las fotografías de la repisa de la chimenea. La coge con una de esas manos exageradamente grandes y de repente sonríe como si hubiera recordado algo gracioso.

—¿Así que Eva ya se ha ido? —dice mirando a Adán—. Ha tardado poco. Se lo ha debido de oler. Es lista, mi chica.

Tiene una voz tan hueca y tan grave como si viniese de lejos o ascendiese a través de una angosta profundidad.

—Oiga usted —responde por fin Adán, titubeante y muy asustado—. Le repito que aquí no vive ninguna Eva. No le miento. Se lo juro. No sé por quién preguntan, pero creo que ha debido de haber un lamentable error.

—¿No sabes por quién pregunto? —responde sarcástico el hombre de tamaña envergadura—. *¿Y entonces con quién he hablado yo por teléfono no hará más de una hora, tontorrón? ¿Con mi abuela?*

Esa forma de hablar tan coloquial, esa chanza final, resulta paradójica e incongruente sujeta a la voz amenazante que la pronuncia. En ese hombre el propio sonido de las palabras pesa más que su significado.

Luego vuelve a fijar su mirada en la fotografía.

—La verdad es que está guapa con el pelo largo y rubio. ¿Sabes que en verdad es morena? Antes lo llevaba muy cortito, a lo *garçon* —concluye burlándose del desconcierto de Adán.

Dicho esto, golpea el marco de la foto contra la esquina de la repisa haciendo pedazos el cristal, se deshace del marco y se guarda la fotografía en uno de los bolsillos de la estridente americana. Tras ese estruendo imprevisto, brusco y criminal, la casa queda envuelta de nuevo en uno de esos áridos silencios que siempre anuncian peligros y anticipan calamidades.

Adán no se ha movido del lado del hombre delgado, que sigue hierático, mirándole incansable y ofensivo, con una mano metida en el bolsillo y la otra a la vista y con el puño cerrado. Es una figura siniestra que atemoriza sin más, de natural, sin necesidad de hablar o de expresarse con más gestos que su mirada fija en ti. De espaldas al ventanal del salón, además su rostro parece que emerja de entre las sombras que entran por el jardín, que lo envuelven desde atrás, convirtiendo las marcas de su rostro en puro y tenebroso expresionismo.

El hombre gordo se les acerca lentamente. Es enorme. A Adán le saca más de una cabeza. Se detiene frente a él, deja asomar un gesto adusto, como una mueca de desprecio, y levanta el bastón como si fuese un florete, tocando con su punta el pecho de Adán a la altura del corazón.

—¿Cómo te llamas?

—Adán —musita él, con toda la dificultad que le provoca el miedo.

—Adán. Claro. No podía ser de otra forma. —Sonríe, el tipo obeso, o hace como si sonríe—. Escúchame bien, Adán. Si la vuelves a ver, si hablas con ella antes de que yo la vea, dile a Eva que Tarasca la está buscando para que le devuelva lo que es suyo. ¿Lo has entendido bien? —Espera el gesto de aprobación de Adán—. Así me gusta. Te repetiré mi nombre para que no se te olvide: TA-RAS-CA —repite en alto, silabeando y arrastrando en exceso la ese con un siseo que recuerda al de una enorme serpiente.

Y con el mismo desprecio e indiferencia con el que han invadido aquel espacio, sin más aspavientos, sin esperar respuesta siquiera, esos dos hombres; primero, el gordo, que sale altivo, lento y despreocupado, y detrás el flaco, que sale andando de espaldas, vigilante; se sumergen en las espesas sombras del pasillo del bungaló hasta perderse, y abandonan entonces la vivienda, hace solo un rato tan calma, limpia y ordenada, dejando tras de sí algunos libros tirados por el suelo, el cristal de un par de cuadros rotos y al pobre Adán sumido en la más profunda de todas las desazones.

11

La ciudad ausente

Atravesamos una ciudad aletargada por el mediodía. Ella y yo. Yo con ella, como siempre he hecho a lo largo de su vida.

Durante todos estos años llevando a gente de un lugar a otro, de una emoción a otra, de un presente concreto a cualquier futuro incierto para ellos, he visto a personas viajando por la vida en circunstancias y por los motivos más peregrinos, inconscientes o disparatados. He acompañado a gente que persigue sueños y a gente que huye de sus recuerdos. A unos que aseguran conocer su destino y a otros con miedo a encontrarlo. A quienes exigen, y a quienes se conforman. A los que se buscan, y a los que se esconden de sí mismos. A los que creían saber dónde iban y a los que esperaban en silencio a que fuera el azar —el propio camino, se diría— quien decidiera por ellos el mejor de los rumbos. A seres diversos, como se puede ver, que, sin embargo, comparten algo en común, un elemento general, una carencia que todos sufren por igual: a todos ellos se les escapa que están a merced de mis errores en la dirección que tomo, el sentido que curso o la velocidad de la marcha que decido llevar. Que soy yo quien conduce.

Yo no necesito especular sobre las vidas de mis pasajeros. Sobre ellos mi conocimiento es absoluto, a pesar de lo poco que suelen contar mientras les guío. Porque lo de sus silencios también tiene su aquel. Siempre me ha obsesionado lo poco que necesitan hablar conmigo, lo poco que aprovechan mi cercana presencia para preguntarme y saber qué hacer, cómo ser o cómo han de comportarse. Al revés. De normal viajan por sus vidas abstraídos e ignorantes; los más, incluso vanidosos y solemnes; jugueteando con el móvil o perdiendo la mirada en el paisaje sin llegar a verlo siquiera, y mucho menos a admirarlo. Pero sin hablarme apenas, si no les pregunto. O se creen autosuficientes o libres. Vete a saber. Pero el caso es que apenas me consultan, me cuentan o buscan mi hombro para encontrar consuelo y llorar sus penas. Y aun así, porque por mi especial naturaleza me cuesta malpensar, a veces caigo en la tentación de creer que quizá su mutismo es señal de que en realidad están empleando la carrera para reflexionar, para escudriñarse sus adentros y escucharse un poco, cobijados en el aislamiento que a modo de saco amniótico les proporciona mi taxi. Pero no quiero engañarme. Soy consciente de lo que ocurre. Sucede simplemente —debería de estudiar los motivos y pensar en qué he fallado— que la mayoría de mis clientes han alcanzado un punto de soberbia y de estúpida sensación de suficiencia, que les hace estar erróneamente convencidos de que les sobro, de que soy una idea del pasado, un mito, pura superchería, de que ni antes me necesitaron ni ahora me necesitan, cuando lo que sucede en realidad, es que estos tiempos que corren aconsejan precisamente todo lo contrario, pues es evidente que el camino es cada vez más confuso y tortuoso para hacerlo sin un buen guía.

Estas reflexiones al volante acaban siempre en un lamento por no haber hecho las cosas bien, pues soy plenamente consciente de que la culpa de ello es solo mía.

El viaje continúa en silencio. Nubes bajas y sensación de gran sofoco.

Sumido yo en esta dolorosa introspección, Eva se atrinchera pensando en sus cosas. Primero, le da por apenarse de forma genérica por sus errores, por su forma de ser. Tentada está por un momento incluso del arrepentimiento. Luego se rehace y le da por pensar en que todavía no hay nada perdido, que aún cabe la posibilidad, si mueve bien sus fichas, de que lo ocurrido hasta ahora no dé más de sí y se quede solo en un conato de desastre por el que no necesitará contrición ni remordimiento. Y parece que con ello le vuelve el rubor a las mejillas y que quiera volver a animarse. Pero entonces, involuntariamente, le viene al pensamiento a Adán y la pregunta de cómo le puede exponer a él la decisión que ha tomado, y eso vuelve a apesadumbrarla. Hablo de la firme decisión de marcharse lo suficientemente lejos de esta ciudad como para que la distancia le permita volver a ser de nuevo quien no es, bien Lidia o bien otra persona inventada para la ocasión. Porque le queda aún suficiente dinero para aguantar una buena temporada escondida de sí misma. Si pudo desaparecer una primera vez, también podría hacerlo de nuevo. Cualquier país le sirve. Habla tres idiomas. Un par de llamadas a viejos contactos desde ese nuevo destino solucionaría la cuestión de los nuevos papeles. Aún conserva algunos amigos dentro del mundillo de las trampas y los negocios fronterizos. Incluso, si fuera por completo inevitable, podría acudir al mierda de su padre para que le echase de nuevo una mano. Pero el problema es que ahora también está Adán, a quien sospecha que con su huida lo va a dejar al albur de un mal destino, si les da por cobrarse la venganza en su persona. Así que duda, arrastrada por un atisbo de mala conciencia, si al final la egoísta decisión de marcharse es o no la más acertada. Duda y vuelve con ello a entristecerse.

La miro disimuladamente, esta vez con cariño de padre y afán de protección, queriéndole ayudar, mordiéndome la lengua para evitar aconsejarle y entrometerme. Pues sé que ha de ser ella la que decida.

Y adivino que no me va a poner las cosas fáciles.

En ese momento le suena el teléfono móvil. La llamada la sobresalta. No la esperaba. Saca el teléfono del bolso y lo sostiene un instante en la mano sin desviar su mirada de la pantalla, donde lee la expresión *Número privado*. Un sudor frío, incompatible con el sofocante ambiente que reina, recorre su cuerpo y vuelve a sentir una desagradable sequedad en su garganta. Pero ahora recuerda que acaba de cambiar la tarjeta y que este número solo lo conocen dos personas más, aparte de ella, y se tranquiliza en un segundo. Y descuelga.

—¿Sí? (...) Ah, eres tú. ¿Pero por qué me llamas al móvil? Ya sabes lo que os tengo dicho (...) Sí. Acabo de cogerlo. Sabes que siempre que me toca paso inmediatamente a recogerlo, pero no es necesario ni aconsejable que me llames para que te lo confirme, cariño (...) Sí. Lo sé. Me ha llamado, el muy cabrón (...) No. No pasa nada. No te asustes. Ya sabíamos que esto tarde o temprano podía pasar. Así que no te asustes (...) Lo que me preocupa es que se acabe presentando en casa. Espero que no se pasen con Adán, no me lo perdonaría nunca (…) Lo he cogido de la taquilla, sí, no te preocupes (…) Ahora voy en un taxi camino del aeropuerto (...) ¡Claro que me voy! (…) No. No sé a dónde, pero eso me da lo mismo. Lejos (…) No te enfades, cariño. He de irme. Recuerda que esto ya lo habíamos hablado. Tengo que alejaros a las dos de ese monstruo (...) ¿Por qué lloras? (...) ¡Lorena! ¿Cómo que Lorena? (…) No puede ser, joder. (…) ¿Dónde la encontraron? —Los ojos de Eva se enturbian. Se toma un silencioso respiro de un par de segundos, antes de que la pena se convierta en rabia.

—¡Me cago en Dios! —exclama.

No le tengo en cuenta el exabrupto. Es más, no puedo evitar apenarme por ella, aun conociendo de antemano lo que le iba a suceder y lo que iba a suponer el impacto de esa noticia que yo, obviamente, ya conocía. Cuando veo a alguien sufrir, no puedo ni quiero evitar asumir la parte de culpa que me corresponde por su dolor. Soy así. Y en este caso es evidente que la culpa es mía, vuelve a ser mía, pues de nuevo, una vez más, no pude evitar la tragedia.

—¿Qué mensaje dices que has recibido? (...) ¿Mañana? ¿A qué hora? ¿Dónde? (...) ¿Y dices que te ponía que el mensaje era para mí? (...) ¿Y seguro que era de él? (...) ¿Pero cómo narices te han podido encontrar a ti también? ¿Cómo conocían tu otro teléfono? (...) Bien. Espera. Dame el número que te han dado. —Eva me toca en el hombro y me hace un gesto pidiéndome algo para escribir—. 666 (...)

Eva termina la conversación diciéndole a su interlocutora que la quiere, que esté tranquila y pidiéndole que tenga mucho cuidado, que se oculte y que no la llame más, por seguridad, que será ella la que le vaya informando según acontezca. Que esté tranquila y que ella lo solucionará. Le insiste. Y al colgar el teléfono tiembla y llora veladamente, haciendo que durante ese escaso minuto de humana debilidad la tristeza inunde hasta el último rincón de mi taxi. Que ahora es el propio mundo.

—Dé la vuelta. —Me dice de repente, y aparentemente recompuesta.

—¿Cómo? —Yo me hago el sorprendido aunque, desgraciadamente, sospechaba que esto podía ocurrir.

—Que dé la vuelta y me lleve a la calle d'Occitània, en el polígono industrial de Badalona.

—Eso queda algo lejos.

—Pues sí. Algo lejos. Así que como tengo prisa, le rogaría que acelerara, por favor.

Suena brusca. Yo obedezco y dejo de hablar.

Tras hablar con quien le acaba de llamar —era una amiga—, Eva ha tomado una decisión que no me gusta, la única de las posibles que yo no quería que tomase y, me temo, la que va a hacer que a partir de este momento esta historia discurra por unos derroteros de lo más indeseables.

A veces solo puedo predecir lo que va a ocurrir, temerlo. Pero no evitar que pase lo que tiene que pasar.

Seguimos circulando por las solitarias calles del centro de una ciudad desalojada. Una ciudad que no es. Que no existe. Mi taxi avanza hacia la dirección que me ha dado Eva por entre calles y avenidas casi desiertas. Se ve a muy poca gente, a casi nadie. Apenas nos cruzamos con algún vehículo. Se ven otros taxis con algún turista despistado, pero poco más. La ciudad hace mucho tiempo que carece de personalidad, de carácter y de sentido. Barcelona es una ciudad tan falsa como una noche americana. Una ciudad que se antoja un decorado, una imagen de postal, puro cartón piedra. Un parque temático que, como el resto de los parques temáticos, solo sirve para ser visitado en horario comercial. Barcelona; que además estos días sufre un infernal bochorno estival, sin brisa alguna, sin rastro del mar, a pesar de quedar tan cerca; es tan hermosa y tan gélida como una Berenice enterrada viva bajo su propio diseño.

Todo lo que queda fuera del paraíso es infierno.

—Ahora que pienso —digo casi un par de minutos más tarde, como si hubiese tenido una ocurrencia—. ¿En esa dirección que me ha dado no está aquella vieja sala de fiestas, La Manzana?

—Sí. —Lacónica.

—Menuda *boîte* aquella.

—¿*Boîte*? ¿Quién coño utiliza hoy esa palabra? —exclama ella ahora, dejando escapar una sonrisilla y fijándose por primera vez en mi persona.

Yo le sonrío dándole la bienvenida a la conversación.

—A lo mejorcito de cada casa he llevado yo hasta no hace demasiados años a aquel enorme antro. No sé si sabrá usted, porque es algo que lo llevaban muy en secreto, que bajo su apariencia de discoteca o sala de fiestas de moda, en realidad era una gran casa de putas. De las caras, eso sí. Así que era solo una cuestión de tiempo, claro, que lo cerraran. Un tema urbanístico, creo. Yo no sé mucho de esas cosas. Lo que se oye por ahí, nada más. Pero parece ser, según dijeron, que estaba construida fuera del ordenamiento, o que no cumplía con las licencias, o algo de eso. Líos de políticos corruptos ¿verdad?

Eva me deja hablar sin prestarme atención, segura de que no me entero de nada, y vuelve a ocuparse de sus cosas. Está repasando mentalmente cada detalle de lo que tiene que hacer para planear debidamente la ineludible cita a la que tendrá que enfrentarse mañana, según le han confirmado hace unos minutos por teléfono. Hablar con el diablo no será fácil. Tratará de negociar, devolverle lo que le quitó, a cambio de que deje en paz a su gente. Pero, ¿y si no es posible? ¿Y si el diablo no transige? Entonces no tendrá más remedio que jugársela a hierro y fuego. Cavila con pesar.

A través del retrovisor la veo ahora concentrada. Planifica. Decide. Rectifica. Ella siempre ha sido muy lanzada, responsable, ágil y eficaz para tomar decisiones. Así que, a una velocidad de vértigo, se pone a pensar en lo que va a hacer cuando lleguemos a La Manzana, el lugar en el que la han convocado, no sin cierta ironía y teatralidad por parte de quien lo ha hecho. Va a estudiar *in situ* el escenario. Comprobar en qué estado se encuentra el lugar después de tanto tiempo abandonado. Comprobará si las puertas están atrancadas, ubicará posibles vías de escape, decidirá dónde aparcar sin que puedan detectar el vehículo. Así que Eva piensa —y piensa bien, y de nuevo rápido— que lo mejor es tenerlo todo atado y bien atado para que no le acabe saliendo el tiro por la culata. Y hablando de tiros, de forma instintiva mete la mano en el bolso y palpa las cachas de su pistola.

—Dice usted que conoce el antro al que nos dirigimos, ¿verdad?

—Pues sí, lo conozco.

—Conocerá también la nave industrial que queda justo en la parte de atrás de esa manzana. ¿No?

—Un viejo almacén de hilo, si no recuerdo mal.

—Eso es. Pues cuando lleguemos, aparque justo en la puerta del almacén, y no en la calle de la puerta principal del garito. ¿Entendido?

Yo asiento sin más preguntas y vuelve a hacerse el silencio. Eva baja la ventanilla.

—Suba la ventanilla o se perderá el aire acondicionado, señorita.

Eva, a la que nunca le ha gustado recibir órdenes de un hombre, no solo no me hace caso, sino que, por contra, acaba de bajarla por completo y saca la cabeza dejando que un chorro de aire caliente le alborote ese cabello de falso dorado que a Adán tanto le gusta. Y así permanece unos segundos, con los ojos totalmente cerrados, en los que le da por pensar en lo deprisa que se ha precipitado todo. Tampoco puede eludir asumir que, en cualquier momento, puede aparecer tirada en un descampado —como le ha sucedido a su amiga Lorena— con su cuerpo desangrado, medio enterrado en una cárcava desigual y poco profunda del más inhóspito descampado. De hecho es esa espeluznante visión la que provoca que se le humedezcan sus ojos y trague saliva a punto de la arcada, lo que convierte su rostro en una fea y amarga mueca. Como de pánico. Como de asco.

—Bueno, bueno, señorita, no se ponga así. Si quiere abrir la ventanilla no hay problema. La verdad es que con esto del aire acondicionado uno acaba por coger un resfriado cuando menos se lo espera, y no hay nada más ridículo que andar con pañuelos de papel en pleno mes de julio.

Eva reacciona volviendo a cerrarla y recomponiendo el gesto y la compostura.

—Por cierto —pregunta Eva—. ¿Cómo se llama usted?

—J. Así me llaman.

Este va a ser mi nombre en el presente de esta historia.

—¿J? ¿Cómo el cantante de Los Planetas? Es usted un poco más guapo, créame.

Y yo sonrío, condescendiente. Y ella, que no sabe si yo sé de quién me habla, parece un poco más relajada. Y entonces aprovecho para seguir dándole conversación, intentando, con la discreción a la que mi naturaleza me obliga, influir en que cambie de decisión y ponga distancia entre ella y el desastre.

He de seguir intentándolo una vez más. No solo es mi deseo, también es mi obligación.

—¿Le gusta viajar? Lo pregunto por lo del aeropuerto. Hay que ser decidido para viajar. Una vez conocí a un tipo que se pasó media vida con la maleta hecha debajo de la cama sin decidirse a dar el primer paso. Lástima que, al final, a donde se marchó no necesitó nada de lo que había metido en ella.

Eva me mira y me ve sonreír. Ella sonríe también, cazando la parábola, y piensa que parezco un buen hombre. Ahora sí observa mi ropa, mi polo azul de mercadillo, mis pantalones vaqueros y mis sandalias. Piensa que mi porte insustancial apenas le dice nada de mí. A lo sumo, que quizá no tengo quien me aconseje, que seguro vivo solo y no reparo mucho en mi aspecto. También observa mis ojos, del mismo color verde oliva pero más oscuros que los suyos, y sin duda le parecen limpios y transparentes y la tranquilizan un poco.

Eva acaba de convencerse de que para nada puedo ser un tipo amenazador.

—Yo conocí uno que acabó sus días dentro de su propia maleta —comenta Eva, sin ni siquiera mirarme.

Y ambos volvemos a reír. Yo, en la distensión, vuelvo a fijarme en cómo abre y cierra sus piernas. Lo siento.

—Por cierto, ¿qué hacía usted a esas horas en esa parada de autobuses? Nunca hay taxis allí esperando. Además, los dos sabemos que es una urbanización en la que no hay ni un solo vecino que no tenga un par de coches como mínimo, con lo que se me hace raro. Y además con este calor.

—Uno nunca sabe dónde ni cuándo va a necesitar la ayuda de un buen taxista. Menos yo, que siempre suelo adivinarlo, y a las pruebas me remito —digo riendo, sabiendo que es imposible que ella descifre el guiño que le acabo de lanzar.

Pero tras mi prudente e irrelevante respuesta, Eva sospecha que lo que pasa en realidad es que no tengo una explicación para esta bendita coincidencia. Porque seguro —piensa— que solo se trata de eso, de una inesperada pero feliz casualidad, una de esas muchas o pocas sincronías que la vida de vez en cuando te brinda y de la que una tiene que aprovecharse sin más. Y ahí deja sus pensamientos varados. En ese concreto punto de la reflexión.

—Dígame, señorita. ¿Seguro que no quiere cambiar de dirección? —Me atrevo a preguntar en un último intento por darle la opción de huir de nuevo. Maldito libre albedrío.

Eva me mira fijamente arqueando una de sus cejas, que es el gesto con el que, ya desde que era niña, avisa cuando se dispone a lanzar un comentario sarcástico.

—J, J, J... No debería de ser usted tan entrometido, que eso le puede costar muy caro.

Tenía que intentarlo.

12

Llegó del frío

Sutton tiene unos ojos tan azules que casi parecen grises. Unos ojos que le confieren un aire mezquino y, como le ha recordado a Adán, le dan un aire al actor Richard Widmark. Además fue muy rubio, antes de que el cabello se le volviera níveo por completo. Es alto como un quijote y con los años ha quedado algo encorvado de chepa. Suele vestir de un solo color, o blanco o negro. Tiene la cara arrugada y algo picada de viruela y no sonríe nunca.

La primera vez que reparé en él fue a finales de los años 80, a las afueras de la ciudad de Karlstad, cerca del lago Vänern. En Suecia.

La noche anterior había nevado copiosamente y, sobre aquel tapiz estepario y uniforme, la sangre de aquel ucraniano componía una nota tan discordante como hermosa, por aquello del contraste. El tipo al que debía de liquidar acabó resultando de lo más escurridizo, por eso Sutton se alargó más de la cuenta en su cometido. Atrás quedaban dos meses de silenciosa caza, de una meticulosa y obsesiva investigación que había acabado por abstraerle de su cotidianidad, y por relegarle a un plano de ensimismamiento que solo le trajo problemas con Camilla que, entre otras muchas quejas, no entendía por qué de repente su exmarido desatendía el régimen de visitas acordado y había dejado también de llevar al pequeño al colegio cada mañana, tal y como tenían pactado. «Estoy liado, he encontrado trabajo para poder pagarte la exagerada pensión que me has pedido, hija de puta». Le dijo él después de los primeros dos o tres reproches.

Tras enmudecer el eco de la última detonación, aquel paraje solitario, pelado de árboles y descampado, quedó en un brusco silencio, apenas matizado por el suave arrullo de un frío viento del oeste. Sutton, todavía con la respiración agitada después de la carrera que se había pegado para dar alcance a su víctima, el ucraniano, enfundó la pistola, sacó su Morakniv y firmó su obra rajándole la garganta al ya difunto, dibujando algo así como una cruz a la altura de su nuez, y tiñendo de muerte tres o cuatro palmos de aquel suelo helado y albo. Por qué le cortó el cuello después de matarlo de tres disparos y por qué lo de ese específico dibujo. Vete tú a saber. Un pronto de macabra creatividad, supongo. Luego cogió el maletín que minutos antes arrastraba malherido el hombre que ahora yacía desangrado, y restregó la puntera de sus Dr. Martens en la nieve, para limpiarles el barro y no ensuciar así el Mercedes de segunda mano que acababa de comprarse con el adelanto obtenido por este encargo.

Camino de casa hizo noche en un motel de la E-18. Desde allí, tumbado en la cama de una insípida habitación, y a pesar de las reticencias de Camilla, consiguió hablar por teléfono con el pequeño y le prometió, esta vez sí, llevarle al cine ese fin de semana para ver *El vuelo del navegante*, que era la película que el crío estaba emperrado en ver.

Este fue el primer encargo como sicario que le hicieron a Sutton que, a pesar del apodo, en realidad solo es inglés por parte de padre, y el episodio que hizo que desde ese momento yo ya no le quitase el ojo de encima. Hasta aquel momento solo se había ocupado en labores de vigilancia o custodia de las chicas, a lo sumo, de algunos trapicheos menores. Aquella, que le llevó dos meses ejecutarla, fue su primera muerte.

Por entonces tenía un hijo —al que no llegó a llevar al cine— al que al final con el divorcio le perdió la pista y del que más tarde, ya el chaval cumplidos más de veinte, supo que se había muerto de sida. A su mujer tampoco ha vuelto a verla. Jamás la quiso. De quien un tiempo estuvo enamorado fue de una tal

Martha, la chica preferida de Lennart, el tipo para el que Sutton trabajaba y el que le había hecho, por tanto, el encargo de cargarse al ucraniano. Fue ella quien de forma cómplice empezó a llamarle *Inglés*, por aquello de su supuesta procedencia. A pesar de ser coto privado, durante unas semanas Sutton no pudo resistirse a visitarla. Hacían el amor en el piso que Lennart le había puesto a la chica cerca de la plaza Stortorget, en Estocolmo. Ninguno de los dos hablaba demasiado. Follaban, se miraban entre sinceros y sorprendidos, y luego fumaban en la cama, bajo el fulgor parpadeante de un neón que entraba por la ventana.

El 8 de julio de 1986, a eso de las once de la noche, cuando entre sudores y después de hacer el amor, Sutton estaba a punto de pedirle a Martha que se fueran juntos lejos de allí, al sur, al Caribe, a tierras más cálidas, Lennart los pilló abrazados en la cama. La cosa fue muy rápida. Hubo insultos y amenazas y, sin pensárselo siquiera, el *Inglés* le pegó al chulo cuatro disparos con su Beretta, a tal velocidad que los cuatro sonaron como si solo hubiera habido una detonación. Debido a las prisas aquella vez no terminó firmando su obra. Luego se marchó a Colombia y no volvió a ver ni a Martha, ni a Camilla ni tampoco al pequeño Helge, que, como ya he dicho, luego moriría de sida, y a quien al final no llevó a ver aquella película.

Durante aquellos tiempos Sutton aún no se había convertido en lo que es ahora. Por entonces tan solo era un tipo dañino y peligroso al que en su ambiente consideraban solo un sádico, porque parecía disfrutar con lo que hacía. Aunque yo sabía que no era del todo así. Aquel trabajo suyo ni le gustaba ni tampoco le asqueaba demasiado. Sencillamente sabía hacerlo. Había nacido para hacerlo.

13

Continúa la investigación

Lidia. Eva. Eva. Lidia. Es normal que la confusión de Adán sea enorme. Su pareja, la persona a la que ama, parece no llamarse como hasta ahora él creía que se llamaba, como dicen también que se llama su NIF o la cuenta corriente conjunta en la que tienen domiciliados los pagos de la casa. Como supuestamente la llamarán esos compañeros de la plataforma de inversión *online* en la que ella asegura que teletrabaja desde casa. No se llama como él la ha venido llamando estos últimos años en todos los poemas que le ha dedicado. No se llama tampoco como él la evoca en sueños, o como le susurra al oído junto a un *te quiero* cuando terminan de hacer el amor.

Pero de lo que no cabe ninguna duda es de que ambas, Lidia y Eva, o Eva y Lidia, son la misma persona, puesto que el tipo gordo de la cicatriz en la cara, el que hace un rato ha irrumpido en su casa y en su vida con la letal sutileza con la que un virus maligno infecta un organismo, ha reconocido en la foto que ellos tenían sobre el mueble a la mujer que ha venido a buscar. Así que lo único que parece resaltar como una evidencia en mitad del lodazal en el que chapotea su escasa claridad de ideas, tras la extraña y agresiva visita que acaba de recibir, es que, esté donde esté en este momento su pareja, se encuentra en peligro o cuanto menos en una situación delicada. Así que empieza a entender que la pobre haya salido de forma tan precipitada.

Siempre se huye así.

El eco ruidoso de un trueno, esta vez no tan lejano, le devuelve al presente. Y trata de pensar, presionándose las sienes con la palma de las manos. Y entonces recuerda la llamada que horas antes ha desencadenado este tremendo caos. Lo que pasó fue que el teléfono que tienen en la mesita del salón, al lado del búcaro con begonias, no dejaba de sonar, que ella lo cogió, que colgó, que volvió a sonar de nuevo, que lo volvió a coger y que, tras esta segunda llamada, ya no era ella. Que volvió diferente a la cocina. Con una mirada distinta. Con otro nombre incluso. Así es que, obviamente, la clave ha de estar en esa segunda llamada de teléfono, en quién la ha hecho o qué se ha dicho. La llamada es lo importante. Qué puede hacer con la llamada. Sí. Claro. Ya está claro. Si ha habido suerte y no han llamado con número oculto, el teléfono del remitente se habrá quedado grabado en la memoria del aparato. Y como la réplica del viejo Edison no es el único teléfono fijo que hay en la casa, puesto que en el dormitorio tienen uno de esos con pantalla *led* en el que aparecen registradas las últimas diez llamadas entrantes, se dirige hacia allí, subiendo las escaleras a toda velocidad.

Al entrar en el dormitorio observa entristecido el desorden de la ropa de Lidia encima de la cama, como los despojos silenciosos de un campo de batalla, y le vuelve esa gravedad que caracteriza a los malos poetas. La ropa tirada por cualquier parte también es señal de ausencia. Y la penumbra. Así que se sienta en el borde de la cama, respira hondo y teclea el teléfono. Y tiene suerte porque están los dos números entrantes y desconocidos. El primero, un móvil. El segundo, un fijo. Salvo su madre y las empresas publicitarias, nadie les llama ya al fijo. Su madre lo hace de vez en cuando para preguntar cómo están y contarle también lo deteriorado que está su padre, y las empresas de telefonía e internet lo hacen más a menudo para darles la tabarra con ofertas y promociones innecesarias. Adán apunta y guarda los dos números en su IPhone. Marca el primero de ellos, el móvil, y escucha un mensaje que le dice que la persona a la que está llamando no está disponible. Después marca el número del fijo y, más o menos tiene la misma mala suerte, porque vuelve a escuchar cómo la voz femenina y metálica de un contestador le indica que el número marcado no se corresponde con el de ningún abonado. Este último mensaje es el que le pilla por sorpresa y le contraría. No es posible, se dice. Cómo que ese número está dado de baja si hace menos de dos horas alguien —supone que el tal Tarasca— le ha llamado desde él.

Decidido, impulsado por un repentino atrevimiento y una intención casi detectivesca, llama al servicio de atención al usuario y explica sus dudas.

—Eso es imposible, señorita. Como le digo, hace unas pocas horas que alguien me ha llamado desde ese mismo número de teléfono por el que le acabo de preguntar. Puede comprobarlo si quiere. No me lo he inventado.

—Lo siento, caballero. Le he dicho que ese número ya no corresponde a ninguno de nuestros abonados.

—¿Ya no? ¿Qué quiere decir con «ya no»? ¿Desde cuándo es «ya no»? ¿Podría decirme, desde cuándo ha causado baja el abonado, por favor?

—Pues no sé si nos está permitido dar esa información —duda la operadora. Pero en un arrebato de sinceridad inexplicable (quizá un golpe de suerte para Adán, quizá la ayuda de alguna fuerza cósmica indescifrable) acaba respondiéndole—. Desde hoy mismo. Hoy mismo ha entrado la baja operativa.

Sorprendido por ese inesperado y desconocido poder de persuasión, Adán se levanta de la cama y se yergue un poco más seguro de sí mismo. No solo ha conseguido que la operadora —que desde ahora habrá resultado tan providencial para sus intereses como el aleteo de un ángel— le diera la fecha de baja del número telefónico, sino que incluso ha conseguido que le facilitara el nombre y la dirección de la empresa que consta como último abonado, una información que sospecha; aunque sin certeza alguna, porque no entiende mucho de trabas administrativas, ni de aspectos relacionados con la protección de datos; que debe de ser restringida.

La información que ha conseguido acerca del número móvil al que llamó y no se encontraba operativo ha resultado, sin embargo, algo más costosa en tiempo. Pero tampoco demasiado. Solo ha tenido que encontrar una de esas webs que facilitan esos datos, ha pagado con su tarjeta de crédito setenta céntimos por la información, y le han facilitado un nombre y una dirección de abonado. Hoy no hay nada que no esté en la red. Apenas hay lugar para un secreto.

Google sabe casi tantas cosas como yo.

Así que, con repentino valor, con un impulso enérgico, impropio de un hombre apocado como es él y desvencijado como un viejo sillón como está él, Adán coge su cartera y las llaves del coche y baja al garaje. Allí aguardan los dos vehículos porque ella —recordad— se fue andando y no se llevó el suyo, el grande. Adán sale de la vivienda con cierta prisa, sin esperar, como sí suele hacer cada día, a que la puerta mecánica se cierre debidamente y, bajo un cielo bajo y encapotado, conduce a toda velocidad por el segundo de los círculos concéntricos que forman la urbanización. Al llegar a la cancela, el vigilante de turno le saluda cordialmente desde la garita.

—Perdona. Nunca recuerdo tu nombre.

—Sergio. Me llamo Sergio, señor.

—Sí, sí, Sergio. Es verdad. Quería preguntarte algo. Hace un par de horas han venido a verme dos hombres. ¿Te han enseñado el carné? ¿Has anotado sus nombres y números de identidad?

—¿Esta tarde? Yo llevo aquí desde las dos y hasta ahora no ha entrado nadie que no fuera propietario.

—¿Cómo que no? No puede ser. Haz memoria, Sergio, por favor. Como a las dos y cuarto o dos y veinte. Dos tipos, uno muy grande, con una chaqueta amarilla muy chillona, y otro muy alto también pero más delgado. Debes de tener en el listado de incidencias la matrícula del vehículo, al menos.

El vigilante, todavía solícito, porque no lleva mucho en el puesto y quiere que se le valore, vuelve a echarle un concienzudo vistazo al listado de entradas y salidas, incluso se lo enseña a Adán, para acabar ratificando lo que ya le había dicho.

—Lo ve. Si es que solo ha habido dos entradas: dos vecinos, los de las viviendas 17 y 43; y una salida a las 14,40, la de la propietaria de la 9 —esa es Lidia—, que ahora recuerdo que, a pesar de este calor, porque mire que hace calor a pesar de esos nubarrones, me ha sorprendido que la pobre se marchase andando por este erial. Muy poco movimiento, como puede ver —responde sonriente—. ¿Hay algún problema? ¿Necesita algo?

Adán apenas entiende nada. Intenta sonreír como despedida, vuelve a darle el mando para que se abra la puerta, y sale de la urbanización. Desconcertado.

En un rato van a dar las seis y el calor, en lugar de remitir, abrasa. Aquellas oscuras nubes que a mediodía, cuando ambos cocinaban plácidamente, Adán vio acercarse desde las montañas lejanas están ya justo encima de su cabeza, comprimiendo bruscamente la distancia existente entre el suelo y el cielo y tiñendo la tarde de un negro presagio de lo más caluroso. Negro y caluroso. Como el infierno.

Como le ha pasado a él hace un rato, alguien, en cualquier ciudad o rincón del orbe que se nos pueda ocurrir; en Ascensión o Bratislava, en New York, donde la temperatura hoy es más suave, o en Samarcanda, donde apenas tocan las diez de la noche y el verano ha comenzado algo frío; alguien, digo, también acaba de encontrarse frente a frente con el diablo. Porque, como también ocurre con mi presencia y mis acciones con eso que, como no se entiende, a algunos les da por llamar milagros, el mal —que es uno, con mil caras que en realidad siempre son la misma— también es ubicuo y, cuando actúa, lo puede hacer al mismo tiempo en todas partes y su maldad se solapa.

Lo que vengo a decir con esta digresión, quizá un poco forzada por mi propia inquietud ante lo que puede estar a punto de pasar, es que lo que le acaba de suceder a Adán no es algo tan extraordinario. Es más, Adán tampoco es especial en su sufrir. De hecho ninguna persona lo es. Todas son únicas e irrepetibles, singulares de alguna manera, si se quiere, pero no porque les ocurran cosas exclusivas o porque sean las únicas que sufran un determinado dolor, o padezcan concretas desgracias, o celebren esta u otra victoria. Lo que define a las personas como singulares no son sus circunstancias, ya sean alegres o adversas, sino la forma que tienen de enfrentarse a ellas. Mientras unas lo hacen con entereza, otras lo gestionan con resignación. Mientras unas aplican mesura, o valor, o constancia, otras se dejan llevar, o sucumben, o flaquean. Podríamos decir, que esa es la variante que en verdad les hace diferentes a mis ojos.

No sé si se entiende.

Por lo pronto Adán se enfrenta a sus circunstancias conduciendo en silencio, sin música, con el aire acondicionado a plena potencia y con la vista fija en la carretera, como un autómata. No sabe muy bien qué hace ni por qué, tampoco a dónde va o qué va a encontrarse cuando llegue. Simplemente conduce como lo haría un sonámbulo, tratando de unir inconscientemente los puntos que vayan emergiendo de su preocupación a medida que el tiempo vaya pasando y Lidia no regrese, pero sin tener la menor idea de cuál será o dónde encontrará el siguiente jalón de su desesperado e incierto camino.

Se ha oscurecido tanto la tarde que quizá debiera de encender las luces. Los truenos se repiten ahora con frecuencia y, de vez en cuando, un relámpago parte el cielo con su desgarrado fulgor. Con el pulso inquieto, tantea el asiento del acompañante y logra encontrar y coger a tientas la nota manuscrita que tomó al dictado de la telefonista, y que dejó junto al móvil y la cartera. Se la acerca a la vista y, con cuidado para no salirse del carril, lee en ella una dirección y el nombre de una empresa: Cauca Import-Export. S.A.

14

Un pueblo junto al mar

Benicàssim es un pueblo encorsetado entre las montañas y el mar, en el que, según soplen el Levante o el Gregal, el ambiente se llena de un fuerte olor a invasiones de pueblos antiguos, a doradas que rondan los tres kilos de peso, o a pino piñonero. Es un pueblo sin demasiada historia, sin apenas referencias en los libros y sin ningún hijo insigne conocido que le dé lustre. Un pueblo con castillo moro en ruinas en sus inmediaciones, convento carmelita y con una iglesia neoclásica, poco vistosa, cuya construcción fue subvencionada por un prócer de la localidad. Un pueblo de calles insulsas y poco atractivas, pero con unas playas tan excelentes, que son reclamo más que suficiente para que en verano su población se dispare hasta convertir la localidad en un lugar masificado y sin ninguna personalidad.

Viernes, 27 de junio de 2014.

Tras algún encuentro anterior poco fortuito, Adán, que se ha venido al pueblo con sus padres a pasar con ellos el fin de semana, ha enterrado sus dudas, ha dado un paso adelante y se ha atrevido a invitarla a cenar. Ha decidido llevarla a un restaurante que queda en la montaña desde el que, según dicen los de allí, en las noches claras hay tan buenas vistas que incluso se adivina a lo lejos, como si de una ensoñación, o una neblina dorada en medio del Mediterráneo se tratara, el eco luminoso de Sant Josep de Sa Talaia, allá en Eivissa.

A Eva —Lidia, a sus efectos— la vio por primera vez hace dos fines de semana. Él viene los viernes en tren y regresa el domingo. Desde que rompió con Luisa, Barcelona le queda incluso más grande de lo habitual, con lo que los fines de semana se escapa y se acerca al pueblo para ayudar a su madre con el cuidado a su padre, que está enfermo de Alzheimer y apenas se vale. Aquí no tiene mucho en lo que ocuparse, al margen de hacer la compra para casa o pasear un rato con el viejo, con el que a partir de la adolescencia nunca habló demasiado y ahora ya no puede hablar por culpa de la enfermedad. Tampoco tiene amigos aquí. Nunca se hizo mucho con los de su edad y además marchó pronto a la universidad, con lo que apenas necesita pasar del trato cordial con los pocos vecinos con los que cruza dos palabras al saludarse. Sale de esa casa familiar de paredes gruesas y techos altos, se aleja del pueblo, sendera por las montañas vecinas, se toma luego alguna cerveza en la plaza de detrás de la iglesia mientras no levanta la vista del móvil y, por las tardes, se baja a la playa y se sienta al final de uno de los espigones a leer algún libro. Hace dos viernes, cuando la vio a ella por primera vez, releía *El paciente inglés*.

En realidad, Adán continúa huyendo de su propia incapacidad de vivir solo, como siempre ha hecho, lo que pasa es que a veces le da por huir hacia atrás.

Por su parte, Eva ya llevaba allí oculta casi un año. Cuando se destapó el caso y tuvieron que salir corriendo de Barcelona, ella y sus socias viajaron a Francia, donde pasaron un par de semanas en una casa rural del pueblo de Aix-les-Bains, robusta y apartada como un búnker, cerca de las aguas tranquilas del lago Bourget. Luego viajaron en autobús hasta Roma, donde pasaron casi un mes más como discretas turistas en un complejo de apartamentos cercano a Ostia, y más tarde alquilaron durante doce días un apartamentito en un barrio residencial, coqueto y moderno, de las afueras de Estambul. En total, casi dos meses jugando al despiste con la muerte. Y solo cuando Eva consideró que las aguas se habían podido calmar un poco, fue cuando convenció a sus compañeras —que en realidad en ningún momento fueron plenamente conscientes de por qué había sucedido todo— para que de forma discreta regresaran a España.

Una vez de vuelta, y siguiendo un rudimentario plan que la propia Eva había trazado, Lorena pasó unos meses en el pueblo gaditano de sus difuntos abuelos, entre calles angostas y casas encaladas, Raquel lo hizo en Llanes, donde una tía soltera y segunda le dejó una casa solariega demasiado grande y algo destartalada, y ella se instaló en el viejo apartamento que sus padres compraron a finales de los años 70 en segunda línea de playa de este pueblo de Castellón, y en donde nació por puro accidente —como ya conté— treinta años antes. Hasta que, siempre siguiendo la estela de Eva, sin duda la más decidida del grupo, la que llevaba la voz cantante sabiéndose responsable frente a las demás, seis meses más tarde del incidente, las tres amigas decidieron volver a Barcelona y seguir escondidas tan cerca como les fuera posible del lugar de los hechos. «Que nos busquen bien lejos, que allí no nos encontrarán».

Las únicas precauciones serias en torno a su seguridad que han tomado desde entonces han sido las siguientes: 1) La de procurarse documentaciones falsas. 2) La de custodiar el maletín un mes cada una, intercambiándoselo entre ellas sin necesidad de verse, dejándolo dentro de una consigna de la estación de Renfe de la que las tres tienen llave. 3) La de no utilizar el móvil entre ellas, si no es del todo necesario, ni llamar tampoco a sus respectivas familias, por si acaso estas tuvieran los teléfonos intervenidos. Y 4) la de cerrar sus cuentas bancarias, sus respectivas redes sociales y cualquier otro rastro público que pudiera indicar sus movimientos o sus respectivos paraderos. Por lo que respecta a la empresa, la dejaron en manos de un despacho de abogados de confianza que procedió a liquidarla de forma ordenada. Por último, y durante al menos un buen tiempo, decidieron que cada una de ellas desconfiaría de las personas que se le pudieran acercar a cualquiera de las otras dos, investigando un poco sobre sus procedencias y estando atentas a posibles movimientos que pudieran parecer extraños. Así, por ejemplo, cuando Eva —Lidia—, que fue la única de las tres que se hizo con pareja, conoció a Adán, las otras dos amigas no los perdieron de vista durante unos cuantos meses al inicio de la relación, tiempo durante el cual incluso los siguieron —con la mayor de las discreciones que su inexperiencia como guardaespaldas les permitía— en algún que otro viaje amoroso que aquellos emprendieron, hasta que estuvieron plenamente seguras de que el tipo que se había convertido en el novio de su amiga, ni era sospechoso, ni suponía ninguna amenaza real para el grupo.

Y como durante todo este tiempo nadie las importunó, no solo acabaron entendiendo que estas cautelas habían dado resultado, sino que se relajaron convencidas de que la temeridad cometida, que al principio se les había antojado tan grave como el pecado original, en realidad tampoco había sido para tanto. Poco más que un atrevimiento, una pequeña torpeza, o un mal sueño.

Pero se equivocaban.

Viernes 27 de junio de 2014. Ya digo.

Son las nueve de la noche y los dos, puntuales a una cita a la que cada uno ha llegado por su cuenta, están sentados esperando la cena. Frente a ellos, un par de copas de vino tinto, algunos nervios y un mirador con una vista increíble, gracias a una luna inmensa de un radiante color hueso. Adán mira a Lidia como si nunca hubiese visto nada tan bello, con un asombro sin disimulos, infantil y espontáneo. Observa cómo se aparta con delicadeza los rizos del cabello de la frente, cómo entorna levemente los párpados cuando lee la carta, o cómo une los labios en torno a la copa cuando bebe un sorbo de tinto y luego deja asomar la punta de la lengua. La mira con tan desnudo interés, con ese brillo pasmado en sus ojos, que más que sentirse atraído o admirado se diría que incluso siente envidia por su belleza. Y Lidia, que bien por cortesía o bien por no querer arruinarle el trance del encantamiento, va a simular a lo largo de toda la velada no percatarse de la descarada y torpe evidencia, más que abrumada o molesta se siente muy entretenida.

—Qué chulo es este sitio.

—¿No lo conocías?

—No —miente ella.

—A mí me gusta mucho —dice él—. Suelo venir de vez en cuando.

—Con todas tus citas. Seguro —bromea ella con un punto de coquetería.

Adán sonríe halagado y le dice que qué va, que él de amores nada, o muy poco. Y entonces, sin que ella le pregunte, se lanza y le cuenta su vida amorosa, comenzando por el desastre de Luisa; de la que habla muy bien, sin ninguna acritud, y dice de ella lo guapa que es y lo mucho que se quisieron; y retrocediendo incluso para hablarle de los, a lo sumo, dos o tres que forman el global de sus contados fracasos adolescentes, como aquel de Isabel, la compañera de universidad de la que también estuvo tan enamorado hasta que descubrió que le engañaba con su novio de siempre; o el de Nuria, la primera chica por la que creyó morir de amor tan solo porque fue la primera a la que consiguió besar en el instituto. Adán cuenta su historia con fluidez y una sonrisa inocua en su rostro. La cuenta con un afán informativo algo desapasionado, gracioso incluso y resignado en parte. La cuenta más por mostrar su condición de buen encajador, que por dárselas de perrillo abandonado. La cuenta como si estuviera pidiendo comprensión, y no lástima.

De lo que no le habla a pesar del voluntario y exhaustivo repaso a su vida sentimental que acaba de hacer, es de lo que le pasó a los veinte años con aquel hombre amigo de su padre que olía tan bien y que había viajado tanto. No se lo ha contado a nadie. No piensa contarlo nunca. No lo contará jamás.

Y a Lidia —o Eva— le emocionan tanto la sencillez y la aparente inocencia, casi infantiles, con las que Adán confiesa esas pequeñas intimidades, que no puede dejar de admirarle con la misma cara de sorpresa con la que se está frente a un niño artista, locuaz o muy espabilado.

—Bueno, venga, que yo ya he hablado suficiente. ¿Y tú qué me cuentas de ti? ¿A qué te dedicas?

Y entonces Lidia, que en realidad todos sabemos que se llama Eva, bebe un sorbo de vino, sonríe elegante y furtiva sosteniendo la copa en la mano, mira durante unos segundos esa enorme luna que riela sobre un Mediterráneo en calma y, a continuación, se inclina sobre él y le besa en los labios muy tiernamente, evitando de ese modo tener que contestar preguntas incómodas.

15
La Manzana

Nos hemos adentrado en un complejo industrial donde la mayoría de las naves están abandonadas y hoy solo son el fantasmagórico recuerdo de un pasado de intensa actividad. Los rótulos se ven comidos por las inclemencias, todas las ventanas de los edificios están rotas y las fachadas visten pintarrajeadas con grafitis escritos en alfabetos jóvenes e incomprensibles. Las empresas que todavía muestran cierta actividad, lo hacen casi desde lo clandestino, con trabajadores extranjeros sobreexplotados y horarios nocturnos tan inusuales y tempestivos, que casi resultan excéntricos.

Hay carteles de SE VENDE por todas partes.

Antes incluso de que este fuera un polígono industrial floreciente, aquí ya se ejercía la prostitución. Previo a su reordenación urbanística, allá por finales de los 80, en esta parte del término municipal solo quedaba alguna de las históricas fábricas textiles que durante la era industrial enriquecieron y dieron fama a la población, y alguna que otra empresa dedicada al envasado de productos. Poco más. Y había también viejas casas de una planta, ya abandonadas de vecinos que, mientras esperaban su demolición para dar paso al impulso comercial que supuso para las poblaciones satélites de la capital la Barcelona preolímpica, acogían entre sus cochambrosos muros aquellos primeros encuentros fugaces y baratos entre prostitutas y operarios de las empresas locales, o entre prostitutas y camioneros con acentos de otras partes de España. Luego vino el *boom* y después, tras la crisis, los clientes volvieron a encontrar esa privacidad que durante unos años les había negado la ferviente actividad laboral de la zona, al calor de un viejo y roñoso colchón, o sobre un lecho de cartones amontonados en cualquier rincón del interior de las instalaciones de aquellas empresas que, irremediablemente, se iban hundiendo. Recuerdo, por recordar, los escasos besos que daba Amanda al resguardo de una de las esquinas de una de las fábricas aledañas. Follaba, les hacía a los clientes cualquier cosa a cambio de su debido precio pero, salvo a aquel joven que tanta gracia le hacía —por bondadoso y por simple— y al que pocas veces le pudo negar ese inocente capricho viendo lo simpático que era y lo enganchado que lo tenía, besos daba pocos o ninguno. A Amanda, una mulata capaz, de labios granadinos, le abrieron un expediente de expulsión cuando los del ayuntamiento quisieron limpiar el polígono alentados por el inminente inicio de las obras de construcción del lugar al que nos dirigimos, y al poco la expulsaron de vuelta a su país. Así que se marchó de la noche a la mañana, sin despedirse del bueno de Ricardo —que así se llamaba el joven enamorado— que la estuvo buscando varias semanas por entre las ruinas de las naves cercanas, preguntando por aquí y por allá, a compañeras o a clientes, hasta que al final se tuvo que dar por vencido.

Ricardo tampoco se despidió de nadie cuando días después se arrojó a las vías del tren.

Así que, como si buscara un asentamiento ya proclive al pecado, al rescoldo de aquel inicial y desordenado comercio de la mugre, supongo que fue por eso por lo que al diablo le dio por levantar aquí La Manzana, y no en cualquier otro sitio. Quién sabe qué razones encuentra su maldad para edificar en un lugar en concreto. Pero lo cierto es que, auspiciado o no por el mal, el proyecto de su construcción fue una idea que llegó aplaudida por todos, especialmente por el consistorio, que vio con gratitud cómo el lumpen desaparecía de la noche a la mañana y, al mismo tiempo, cómo se revitalizaba por fin el aletargado latido industrial de la ciudad impulsado por aquel enorme complejo de ocio, pues, atraídas por las migajas que aquel negocio pudiera dejar caer, decenas de empresas de nueva creación vinieron de golpe a asentarse en el polígono, lo que además incrementó desproporcionadamente el precio del suelo, para beneficio del propio ayuntamiento urbanizador, que se forró vendiendo parcelas.

En vida, La Manzana fue un local de gustos caros. Bajo la apariencia lúdica y exquisita de un enorme complejo que albergaba una discoteca a la última, con dos o tres salas de baile, actuaciones en directo de grandes artistas, terraza con piscina, *lounge* y restaurante de postín, todo bañado en música y modernidad, en realidad en las tripas de aquel lugar se ofrecía los mejores y más completos servicios sexuales de todo el país para la clientela más selecta; empresarios, políticos, personajes de la cultura o la farándula, y multimillonarios venidos de cualquier parte del mundo. Si el exterior de aquel centro se convirtió en un emblema y un reclamo cultural de primer nivel para la ciudad, las entrañas de La Manzana eran una especie de club muy privado al que solo se podía acceder con recomendación de un cliente anterior y con mucho dinero, un prostíbulo de un lujo exclusivo y desorbitado donde podías encontrar chicas y chicos de cualquier nacionalidad y satisfacer tus fantasías y perversidades más pintorescas. Únicamente la imaginación y la cuenta bancaria del cliente marcaban los límites.

Pero todo aquel ruido y aquel esplendor duraron más bien poco. Porque al igual que la mala hierba acaba encontrando siempre resquicio entre el asfalto, la decrepitud y el ocaso volvieron también a este polígono una vez las luces de La Manzana se apagaron para no volver a encenderse, lo que no tardó ni tres años en suceder.

El suceso que lo precipitó todo ocurrió la mañana de un mes de agosto, cuando un conocido político catalán fue encontrado muerto dentro de una de sus habitaciones privadas. Y aunque, obviamente, la insignificante y rutinaria investigación que se llevó a cabo concluyó que la muerte se había producido en los aseos de la zona de la terraza Vip del complejo y debido a causas naturales relacionadas con la hipertensión del difunto —nada se dijo, por supuesto, acerca de que el muerto vestía lencería fina cuando ingresó en la morgue y de que la autopsia reveló que en su estómago se había encontrado semen como para llenar un vaso de tubo—, el personaje era tan conocido, el escándalo fue tan grande y el impacto social en los medios fue de tal envergadura, que no hubo más remedio que desviar la atención pública para evitar que a nadie le diera por hurgar en las verdaderas circunstancias que ocultaba el infortunio. Por ello se optó inmediatamente por poner el foco sobre el continente, más que sobre el contenido, dejando al descubierto sin reparos, sin ambages y menos peros, las numerosas anomalías urbanísticas —prevaricaciones de por medio— que unos años antes se habían soslayado al otorgar la licencia de actividad. Unas irregularidades y unas corruptelas que tanto el grupo empresarial propietario de todo aquel inmenso y lucrativo complejo, como el propio ayuntamiento, e incluso el gobierno autonómico, sorprendentemente, se apresuraron en admitir y confesar. Imputaron a un director general y a un par de concejales, expedientaron y expulsaron a dos técnicos municipales y, en un tiempo récord, acabaron clausurando el negocio. Y de ese modo consiguieron que, más allá de los rumores, nadie se enterara con certeza de lo que en realidad escondía La Manzana.

Trueno a trueno, tras cada uno de los aparatosos relámpagos, el cielo me recuerda la necesidad de estar atento ante un más que probable peligro.

Nos detenemos a unos metros de la puerta del viejo almacén de hilo, trasera a la gran manzana que ocupaba La Manzana. En la fachada, un cartel desdibujado de inspiración modernista muestra a una mujer cubierta por un descolorido mantón de

Manila. Hay una silla plegable en una esquina y condones usados y pañuelos de papel por todas partes.

—Ya hemos llegado —apunto, mirando a Eva a través del espejo retrovisor.

Me fijo bien y presto atención a cualquier extraña señal. No percibo nada. No veo nada raro. No se ve a nadie a lo largo de la calle. La tarde amenazante sin duda no acompaña. Ni veo a clientes ni a ninguna prostituta. Ni tan siquiera un vehículo estacionado en todo el perímetro que abarca mi vista. Nada sospechoso a lo largo de la amplia avenida de cuatro carriles que queda a espaldas del abandonado prostíbulo. Solo una inusual oscuridad para la estación del año en la que estamos y la hora que es, que sin duda ejerce de mal augurio.

Eva asiente mientras escudriña toda la zona y, sin dejar de mirar por las ventanas, abre el bolso. En su interior advierto el pequeño destello de un objeto plateado y brillante que ahora mismo mencionaré. Saca también el revólver. Ella ni tan siquiera sabe que se trata de una Smith & Wesson. Un calibre 38 que, a pesar de sus escasas dimensiones, en sus delicadas manos resulta un objeto pesado y obsceno.

—Necesito que me esperes aquí pero con la promesa de estarte quietecito y de no llamar la atención. —De repente me tutea—. Mira. Si dentro de una media hora no he vuelto, quiero que te largues, que llames a este teléfono que te apunto y que le digas a la chica que te lo cogerá, que la cosa ha salido mal y que haga lo que habíamos previsto hacer en este caso. Ponte firme con ella si la notas algo dubitativa o reticente y dile que se lo estoy mandando yo. Luego vuelves a la estación, entras en la sala de consignas y metes este pequeño estuche —el objeto, del tamaño de un paquete de tabaco, que hemos visto apenas brillar hace un instante— que voy a dejar a tu recaudo en la taquilla número 85. Recuerda, la 85. Aquí tienes la llave de esa consigna.

Eva me da el estuche y me cuelga del cuello la cadenita con la llave. Coge después el mismo bolígrafo que yo le había dejado antes, me toma la mano y escribe unos números en la palma. La noto asustada, pero a ella yo aún le parezco estarlo más. Así que, aunque debiera hacer por evitarlo, mi mirada acaba por transmitirle algo similar al miedo.

—¡Coño, J!, creía que a estas alturas ya te habrías dado cuenta de que esta no iba a ser una carrera convencional —dice intentando calmar mi comezón con un comentario gracioso.

Luego saca un billete de cien euros y me lo mete en el bolsillo del polo, regalándome una sonrisa en la que soy capaz de detectar pavor disimulado.

Un estallido de luz, seguido de un enorme estruendo allá en lo alto. El primero jalea y el segundo ilumina, partiendo en dos por un segundo las prietas y extrañas nubes que en estos momentos tenemos por techo.

Lo peor de mi condición —pienso en ese momento, en el que con un leve gesto de mis cejas, con un parpadeo tan solo, podría hacer que ella se decantara por no hacer nada, por no continuar con este desnivelado enfrentamiento, por huir de este escenario fatal, logrando que con ello se disipe el peligro—, es no poder actuar, aunque ese sea mi natural deseo, el estar limitado por el viejo y maldito compromiso que, en mala hora, adquirí de dejar que sea el hombre quien yerre y yo, si después puedo, quien trate de enmendar las consecuencias de su error.

Y esa es, al fin y al cabo, la ventaja con la que juega el diablo.

En el interior de La Manzana huele mal, a excrementos y a abandono.

La tarde sombría hace que apenas entre luz por las fisuras del edificio. En esa oscuridad sobrevuela un mundo de partículas en suspensión convirtiendo el lugar en algo denso e irrespirable, como un mar plagado de plancton flotante. Eva entra a tientas buscando un interruptor —que, de hallarlo, obviamente no va a funcionar— y al no encontrarlo echa entonces mano al bolso, donde recuerda que lleva el móvil con el que poder procurarse luz, a modo de linterna. La enciende y, siguiendo ahora su haz, continúa sin embargo andando con mucho tiento, atenta a cualquier ruido o crujido. El olor a cerrado sacude su rostro. Cruza las instalaciones del almacén sorteando viejas y silenciosas máquinas ancladas al cemento, hasta alcanzar una pequeña puerta en el otro extremo de la nave. La abre de un leve empujón y accede a un estrecho pasillo, aún más oscuro. Está en la zona de las calderas y de las *suites* —lúgubre como un sepulcro—, que ahora yacen silenciosas y abandonadas, como cadavéricos testigos de un pasado de frenético trajín. Con una mezcla de cautela e inquietud, palpando de vez en cuando las paredes, recorre aquel aterrador escenario hasta alcanzar la estrecha escalera por la que va a ascender a la primera planta del edificio, que espera estará un poco más iluminada que los sótanos. Sus sandalias —ahora lamenta no haberse calzado las deportivas— se deslizan torpes por el suelo del umbrío corredor. Pocas habitaciones, antiguos despachos y salas de reuniones, que desembocan a ambos lados del pasillo como estuarios, ahora ya, de un río totalmente seco.

A pesar de que los edificios que forman el conjunto se han mantenido cerrados, echados todos los cerrojos, tapiadas las ventanas con planchas de acero y trabadas sus gruesas puertas con férreos candados, La Manzana se ha deteriorado mucho en estos dos últimos años, especialmente, por culpa de las furtivas incursiones de ladrones al peso. La imagen de una de las dos piscinas que tiene la terraza, con forma circular, llena en al menos un tercio de su capacidad de basura y verdín, plasma sin dobleces el concepto de nostalgia. Las paredes de las tres enormes salas de fiesta con las que contaba el local están del todo desvestidas. Ya no quedan espejos ni tampoco ningún foco o halógeno. Por supuesto no hay muebles. A todas las barras les falta el mármol y las molduras de madera. Falta escayola en los techos y ha desaparecido todo el cobre del cableado, los sanitarios de los lavabos, la grifería y todo lo demás que fuera de metal y, por lo tanto, susceptible de ser vendido. En las azoteas han desaparecido también los extractores del aire acondicionado. El suelo del piso superior se ha resentido porque incluso han llegado a picarlo para extraer la malla de su forjado, con lo que hay zonas que ahora crujen mucho al pisar. Crujen y transmiten, por tanto, esa sensación de endeblez que también tienen las falsas promesas.

Los saqueadores que, salvo en el caso de algún indigente avispado, suelen pertenecer a bandas bien organizadas, han venido accediendo al inmueble principal de dos formas distintas, principalmente. O bien a través de un butrón en una de las paredes laterales; junto al cuarto de calderas y la terraza con piscina, que ha sido tapiado por las brigadas municipales al menos en cuatro ocasiones; o bien por las ventanas de la cocina del restaurante, que dan a un patio compartido con la abandonada fábrica de hilo, y a las que nunca resultó demasiado difícil arrancarles el enrejado que las guardaba. Primero se cuelan en la vieja hilatura a través de un hueco que hay en la alambrada que la circunda. De ahí suben al primer piso para bajar luego al patio en cuestión, lindante también con la vieja terraza de verano, a través de una escalera que los primeros furtivos improvisaron con tablones. Luego les resulta tan sencillo como encaramarse a una de las tres ventanas de las que ya he hablado, ayudándose de unos bloques de ladrillos que alguien apiló en su día para tal menester.

Por aquí es por donde ha deducido Eva que podía entrar para inspeccionar el interior de su infierno. Y no se ha equivocado.

16

La chica de ojos negros

Primero es la envidia y de ella, como si de una equívoca simiente se tratara, luego o bien nace el amor o nace el odio, según le dé la gana a la luna, que es la que media en las cosechas y la que puede transformar al ser humano en una bestia, en un loco o en un enamorado.

La frase no es mía pero, aunque inexacta, es hermosa y nos sirve.

A sus diecisiete años Lorena ya envidió mucho a su mejor amiga de entonces, que se llamaba Shara. Se conocían de antes pero fue durante aquel curso, y en muy poco tiempo, cuando las dos se hicieron íntimas. Hacían los trabajos de clase juntas, compartían secretos y miradas furtivas, y los fines de semana se llamaban antes de salir de fiesta para ver qué ropa se iba a poner cada una. Incluso aquel verano pasaron toda una quincena juntas en el chalé de los abuelos de Lorena, aprovechando que tenían piscina.

Shara había crecido con la virulencia con la que explotan las granadas, llena de color y de vida, y a los abuelos de Lorena les cayó bien al instante por aquella mezcla de vigorosa espontaneidad y buena educación que mostraba en todo momento. En especial al abuelo, al que una tarde Lorena descubrió llevándose a la nariz un suéter que Shara había dejado colgado del respaldo de una silla. Percibió también desde entonces, que su abuelo era más simpático con Shara que con ella, que sonreía embobado cuando la miraba desde la distancia zambullirse con toda su voluptuosidad en la piscina, y que cuando alguna tarde se ofrecía para llevarlas en coche al cine del pueblo, siempre lo arreglaba para que Shara fuese sentada detrás y así, a través del retrovisor, poder deslizar la mirada por entre el reflejo de la descuidada abertura de sus duros y tersos muslos.

De todo aquello se dio cuenta Lorena, que quería mucho a su abuelo y que, cuando terminó el verano, llegado el mes de septiembre, le había cogido ya tanta inquina a Shara que, para no volverla a ver, incluso les pidió a sus padres que la cambiaran de instituto.

Lorena comenzó envidiando a Eva antes incluso de conocerla, con tan solo ver la pose de magnificencia con la que se sentaba en clase. En la Autónoma, en primero de carrera. Las dos eran excelentes estudiantes pero, a los ojos de Lorena, Eva era brillante. Desde el primer momento fue para ella como un imán a cuyo influjo y atracción le resultaba imposible de escapar, así que no tardó en presentarse, acercarse y ganarse su aprecio. Y quizá precisamente por el hecho de que fueran tan distintas, lo cierto es que se cayeron bien, se hicieron buenas amigas y, para mediados de curso, cuando la veneración que Lorena sentía por Eva resultaba más que evidente, ya se habían convertido en inseparables. Pasaban juntas todo el día iban juntas a todas partes, viajaron juntas algún que otro fin de semana e, incluso, de vez en cuando, Eva permitió que Lorena se quedara a dormir en su estudio. La invitada se ofrecía entonces a cocinar y a hacer cualquier otra tarea de casa, aunque no hubiera necesidad ni Eva se lo hubiese pedido. Todo por gustarle y quererse hacer de alguna forma imprescindible para su amiga. Lorena, con aquellos ojos suyos, negros, andaluces y un tanto rasgados que la dotaban de una apariencia entre salvaje y solvente, se convirtió voluntariamente en una especie de escudera de Eva, de sirviente fiel y enamorada de su nueva amiga. Porque si ya sabíais que Eva es un tanto arrolladora —inteligente, pero sin alardes, guapa, pero sin subrayados—, ahora también sabéis que Lorena, de una sensibilidad rayana a la de Adán, una persona también necesitada y con algún que otro complejo bien disimulado tras esa belleza racial, sucumbió tan pronto al poderoso influjo de esa aura que desprendía Eva, que, como no podía ser de otra forma, acabó sublimando sus virtudes y obviando sus manifiestos defectos.

Cuando tras la huida que emprendieron decidieron separarse, adoptando la medida más básica de seguridad, Lorena fue la que peor lo llevó del grupo y la que con más frecuencia se saltaba la instrucción de no abrir ni mantener ningún contacto entre ellas que no fuera del todo imprescindible. Alguna que otra vez, sobre todo cuando de madrugada el peso de la nostalgia de la figura adorada se convertía en dolor, no pudo evitar cambiarle la tarjeta al móvil y enviar al de Eva un mensaje con un simple pero expresivo corazón, al que por supuesto Eva, mucho más prudente, no contestaba. Porque a Lorena de Eva le gustaba casi todo. La forma que tenía de tranquilizarla cuando se asustaba, por ejemplo, acariciándole el mentón y jugueteando con sus cabellos. Le gustaba también su voz, serena y maternal. Le gustaba su verbo fácil, sus ocurrencias y lo asertiva que resultaba ante las cosas de gravedad. Le gustaba el brillo insolente de su mirada y cómo colocaba los brazos en jarra para apuntalar sus enfados. Le gustaba su pelo muy corto, porque refería su carácter y le dejaba ver una frente perfecta y unos ojos de un color jade profundo. Le gustaba lo claro que preveía su futuro.

—El futuro está en sus debilidades, Lorena.

—¿A qué te refieres?

—Al sexo, al hambre, a la vanidad. Al vicio. A que nosotras tres nos vamos a forrar a costa de las debilidades de los hombres, cariño.

De inicio Lorena también llevó mal la aparición de Adán en la vida de Eva, y se resistió a aceptar que su amiga pudiera entregarle el corazón a alguien que no fuera ella. No solo desconfió por defecto de su presencia, sino que tardó en transigir y soportar que la relación entre los dos amantes se consolidara.

Hasta entonces siempre había visto en la frialdad de Eva para con los hombres a su mejor aliada.

Hace justo una semana Lorena tuvo un extraño sueño al que en su momento yo no presté la debida atención. Soñó que era pequeña, que tenía trenzas y que llevaba puesto su vestidito de domingo. Soñó que la tenían sentada en el pasillo de su antigua casa, en una de las calles que desembocan en la plaza San Antonio de Cádiz, entre un trajín de gente más o menos extraña que entraba y salía, quizá familiares, vecinos o amigos que se asomaban a la calle a charlar y a fumar y que cuando volvían a entrar se sumaban de nuevo a una liturgia compuesta por embarazosos silencios y un runrún de gimoteos. Es un velatorio, aunque ella no lo sabe.

Entre ese tránsito pausado y espeso, por entre las espaldas y las piernas de los extraños que invaden la casa para cumplir el duelo, Lorena ve a una joven que identifica con su madre. La ve agarrada del brazo de un hombre también joven, quizá su padre, que se aferra a ella para intentar sostenerse. A la mujer la ve ausente. Al hombre, destrozado por el llanto. Los llama insistentemente porque la complejidad abigarrada de la escena le produce miedo y se siente sola e incómoda entre tanto desconocido. Pero a pesar del engorroso silencio ninguno de los dos la oye. Entonces, cuando parece que ya nadie va a atender su pequeña presencia, alguien la coge de la mano y, sonriéndole constantemente en lo que entiende un fútil intento por calmar su creciente desazón, la lleva hasta el salón diciéndole que van a ver una cosa. Ella, obediente, acepta la mano y esquivando presentes junto al desconocido, alcanza la estancia. Y allí en medio hay un féretro blanco, montado y expuesto sobre unos caballetes, en el que descansa una joven, aproximadamente treintañera, morena, menuda y bella que se parece mucho a ella. Su acompañante la aúpa y le dice, «Mira. ¿Ves como no pasa nada?, que solo estás dormidita», y luego le da un beso en la mejilla, la coge en el brazo con mucho afecto y la devuelve a su sillita en el pasillo, para que vuelva a pasar desapercibida.

Cuando aún no hacía ni veinte minutos que había despertado de aquella extraña y reveladora pesadilla, estando en la cocina preparándose el café recibió un mensaje de Eva. Un mensaje que parecía ser de Eva. Un mensaje que ella no dudó que fuera de Eva. El mensaje, lleno de corazones y besos como los que de vez en cuando, y antes de que sucediera todo esto, le enviaba Eva, la citaba en un apartado chiringuito cercano a la desembocadura del Llobregat, por los alrededores de la pequeña laguna de la Magarola, donde la verde espesura, la paz cristalina de las aguas, el graznido de los ánades y el vuelo acompasado de las gaviotas, te hacen sentirte cómodamente instalado en un apacible rincón de tu propia alma, a pesar incluso del molesto ruido que, quizá con demasiada frecuencia, provocan los aviones que despegan y aterrizan en el aeropuerto cercano. «¿Te apetece que este mediodía nos comamos un arroz, cariño?». Decía el mensaje. «Siiiiii!!! Pero tú y yo solas, esta vez no llamemos a Raquel, jijijii». Contestó ella.

17

LUCIFER/SATÁN

Un convoy compuesto por tres Land Rover del color del árbol de la tapioca, con cuatro individuos en dos de los vehículos y tres en el del medio, cruza el Valle de Cauca desde Palmira, pasando por Jamundi, hasta las terrazas de Puerto Vélez, casi ya en las estribaciones de los Farallones de Cali. Al norte, Pico de Loro. Al sur, Villa Colombia, Guachinte, Timba y La Liberia, pueblecitos pequeños, perdidos, mal conectados y habitados por gente acobardada y muy supersticiosa.

Todos los que viajan en esa caravana sudan mucho. Menos uno. En dos de los vehículos, con las ventanas abiertas porque el ruidoso aire acondicionado apenas cumple, se escucha música en el radiocasete. En el otro, en el que hace de corazón del convoy, reza un silencio miedoso y muy incómodo. De los once ocupantes en total, diez van fuertemente armados porque el lugar lo precisa, al ser tierra con ecos guerrilleros. Uno, por vehículo, porta un Kalashnikov y los otros se reparten alguna Uzi, un par de Scorpion y varias Beretta.

Tarasca, sin embargo, solo lleva una pequeña navaja.

Es 12 de marzo de 1995. Esta fecha es importante, pues Tarasca y Sutton están a punto de conocerse para no volverse a separar de por vida. Ni incluso en la muerte. Hace mucho calor y esa tremenda humedad que a veces puede provocar hasta la locura.

El Inglés lleva desde el verano del 86 en el país y desde el otoño del 89 trabajando para un cártel de la zona. No es feliz, pero tampoco lo necesita. Extorsiona, mata y cobra por ello. Poco más. No se relaciona con apenas nadie, si salvamos a sus jefes, dos hermanos caleños a los que apodan *los Caínes*, que le temen tanto como bien protegidos se sienten a su lado. En la comarca, por lo demás muy militarizada, Sutton ha adquirido un halo cuasi mítico. Es tan rubio, de tez tan blanca, es tan alto y desgarbado y ríe tan poco, que quienes lo ven se esconden al pasar, como si de la Santa Compaña se tratase, y quienes aún no se han cruzado con él se protegen del miedo imaginándose que su existencia solo es una leyenda. La gente lo conoce por *el Ánima*. No frecuenta muchos bares ni se le conoce una vida distinta a la profesional, que es casi espartana. Los nativos le parecen inferiores, demasiado morenos para su gusto, pero no se mete con ellos. Los pocos lances personales que ha tenido a lo largo de estos años los ha resuelto de forma práctica y silenciosa. Alguien aparece en un sombrío callejón o junto a un vertedero con un corte en forma de cruz en la garganta, y los petirrojos dejan de repente de cantar. Ya está. Tampoco va mucho de putas —en estos años solo se le habrá visto un par de veces en La Frontera; un garito, medio discoteca, medio lupanar, de la población de Timba, frecuentado de habitual por miembros de las FARC—, pues todas le recuerdan demasiado a Martha.

El Inglés, al que ya he dicho que aquí llaman el Ánima, vive en un apartamento pequeño de Jamundi, de una habitación, un salón con cocina americana y un baño. No tiene televisión, en el frigorífico solo hay un cartón de leche abierto y en su armario solo cuatro mudas. Dos blancas y dos negras. Cuando no viaja a los Estados Unidos para supervisar algún envío; donde lo mandan al menos una vez al mes, aprovechando que conoce el idioma y su aspecto níveo de europeo; o no ha de acompañar a los Caínes en sus frecuentes viajes a Cali o a Bogotá; pasa los días en la plantación. Allí pasea entre los sembrados sin hablar con nadie, sin mirar siquiera a nadie, no vaya a ser que le entren ganas de matar a quien quizá no lo merece.

La selva cercana se deja oír con la estridencia de un mercado. Tinamús, arucos, rabijuncos, chorlitejos, garzones azules que graznan desde las charcas cercanas. Mil ruidos diferentes que convergen en un chillido constante y uniforme. Huele a café y a mierda de vaca.

El convoy llega a una explanada circular que utilizan como aparcamiento. De ahí hay que ascender a los cultivos o a pie, en mula o a caballo, pues por culpa del barrizal que se forma los caminos son impracticables para los vehículos. Al borde de ese espacio se levantan unas bastas caballerizas, donde hay varios viejos mulos atados, y una sencilla construcción de dos plantas, bien encalada y con tejado de palma a dos aguas. Puerta delantera, puerta trasera de escape y solo dos pequeñas ventanas por piso. También hay varias rancheras Chevrolet aparcadas en uno de los laterales.

Cuando el convoy se detiene, ninguno de sus ocupantes desciende hasta que una de las personas del grupo que les está esperando; todas ellas también bien armadas, alineadas en semicírculo frente a la casita y separadas entre sí por una prudencial distancia de unos dos metros; se les aproxima con una sonrisa servicial y con una semiautomática colgada del hombro derecho.

—¿Don Lucino? —Hace una pequeña reverencia frente a la ventanilla del coche—. Sea usted bienvenido. Los patrones le están esperando en el interior de la casita.

Y con un imperceptible gesto de su jefe, los hombres de Tarasca, más rudos que competentes, todos exmilitares contratados de la zona, salvo los dos de confianza que le acompañan desde España, comienzan a bajarse de los vehículos y a tomar posiciones alrededor del tipo orondo y de vestir extraño que tanto miedo les provoca, debido a esa extraña aura, mezcla de ira y conmiseración, que desprende cuando anda, cuando boquea, o cuando te mira.

Cuando Tarasca entra, la puerta se achica y la estancia mengua. Su piel lechosa contrasta de forma dramática con lo brunos que son el resto de los presentes.

En el interior de la casita de planta rectangular, hay una mesa rodeada de seis sillas, una escalera de acceso a la planta superior y un pequeño frigorífico. En las paredes, un crucifijo y una lámina de la Virgen de la Merced. También hay un *compactdisc* desde el que suena una bachata.

Ninguno de los ocupantes, cinco en total, ha salido a recibirle por aquello de mostrar su orgullo frente al europeo. Los Caínes, parecidos ambos como si fuesen mellizos aunque en realidad se llevan cinco años entre sí, lucen los dos anchos mostachos y tienen los ojos muy oscuros. Están sentados junto a la mesa, que es de bambú y tiene un cristal en su superficie. Les acompañan sus dos lugartenientes, uno al que le llaman Jairo Gómez, y le conocen por *Rasguños*, y otro, de nombre Henry Orlandes, al que se le conoce por *el Doctorcito*, que es el contable. A las espaldas de aquella composición con tintes de última cena, frente a la puerta trasera, un tipo alto de pelo rubio y mirada acerina observa la escena como si fuese un pantocrátor.

Tarasca ha entrado acompañado de sus dos sicarios gallegos, Piñeiro y Campos Nieto, a los que les han hecho dejar sus herramientas en el porche, con lo que, sintiéndose algo desnudos y muy desprotegidos, han entrado con los puños cerrados y mirando a todas partes, muy desconfiados. Campos Nieto, antiguo legionario, tiene una cicatriz en la mejilla que le confiere un aire fiero. Piñeiro es como un buey, más ancho de espaldas que alto. Uno de los Caínes, Rubén, el pequeño, se levanta cortés y le tiende la mano a Tarasca, quien se la niega, devolviendo las tablas a la partida, tras el desplante colombiano por no haber salido a recibirle.

Hay mucha tensión bajo este cañizo. Calor, humedad, un penetrante olor a infierno que viene del sulfúrico que se le echa a la coca, y mucha tensión. Los colombianos se sienten ofendidos por la visita. Varios años ya negociando con Galicia, muchos envíos sin que haya habido la más mínima queja por la calidad de su producto y ahora, de buenas a primeras, el todopoderoso don Lucino, la puerta de entrada a Europa, un tipo al que jamás antes habían visto pero del que conocen, no solo su inmensa riqueza, sino también lo que se dice sobre su crueldad y su soberbia y sobre ese cierto halo misterioso que le persigue y del que algunas habladurías cuentan, se presenta en persona en su propia hacienda para llevar a cabo una especie de inspección laboral, impertinente, innecesaria y, sobre todo, ultrajante. Si no tenían suficiente con pagarle puntualmente la *vacuna* a la Guerrilla, ahora tienen también que someterse al examen del cliente español. Así que todos se escrutan, los Caínes a Tarasca y los lugartenientes a los guardaespaldas del gallego, a los que miran fijamente a los ojos, mientras estos, a su vez, no pierden de vista las manos de los que están sentados, no vaya a ser que las amaguen debajo de la mesa.

—Siéntase usted como en su casa, don Lucino. ¿Algo de beber?

Tarasca solo sonríe. O parece que sonríe.

—¿Qué tal el viaje? —pregunta ahora Diego Fernando, el mayor de los hermanos, que al hablar tuerce el labio a la izquierda como si fuera a sorber de una pajita.

Tarasca, de nuevo sonriente.

—En cualquier caso, don Lucino, y aunque por supuesto estamos encantados con su honrosa visita, lo cierto es que no era necesario que viniera hasta tan lejos, hombre, por Dios. Esto es una zona peligrosa para hacer turismo. Usted ya sabe. Además, ya hace tiempo que nos conocemos y que tenemos negocios en común, que nunca hemos tenido el más mínimo problema, por lo que usted ya sabe que somos de fiar, don Lucino. Que nosotros y usted, más que socios, en realidad ya somos buenos amigos, don Lucino. ¿No es así? —dice Diego Fernando con una risa torcida en la boca y más miedo que arrogancia.

Y Tarasca, que no ha dejado de sonreír o de hacer como si sonriese desde que ha entrado en la casita, mira el crucifijo —haciendo un mohín del todo desafiante hacia mí, lo sé—, se sienta muy despacio frente a los cuatro colombianos, deja el bastón sobre la superficie de cristal de la mesa de bambú, levanta la vista por encima de las cabezas de sus anfitriones y, en un gesto que reúne tanta belleza como simplicidad, parpadea y cruza luego su mirada con la de Sutton —el pantocrátor—, produciéndose entonces un encuentro amoroso y místico, de un significado arcano y cabalístico y de una beatitud grave, densa, trascendental y cósmica, que va a dar paso a una aleación singular que, desde ese mismo instante y hasta el último de sus días, si es que llega, va a resultar poco menos que indestructible.

—No he venido por vosotros, no seáis tan presuntuosos —dice Tarasca sin dejar de mirar al Inglés, con una voz que ahora suena grave y sentenciosa—. Ni tampoco estoy demasiado disconforme con nuestro trato. No. No es eso lo que me ha traído aquí. —Y hace una pausa que todo lo envuelve—. Solo he venido hasta este inmundo rincón del planeta, porque tenía necesidad de conocer a alguien muy especial.

Y tras esa comunión que se acaba de producir entre esos dos seres, que en realidad son anverso y reverso de la misma maldad, Sutton, al que por primera vez en muchos años, quizá en toda su vida, se le ve con un gesto de contento en el rostro, movido por una orden que le resulta ineludible, desenfunda la Magnum con silenciador que lleva en la sobaquera y le descerraja un tiro a Rasguños, al que tiene sentado enfrente, a la derecha; y luego le pega otro al Doctorcito, que está al otro extremo de la mesa; y luego dispara en la frente de Campos Nieto, que no se ha dado ni cuenta de que estaba a punto de morir; y dispara por último, esta vez dos balazos, en el corpulento pecho que cubre el pequeño e inservible corazón de Piñeiro, que cae desplomado junto a la puerta de la casita, atrancándola con su cuerpo.

Todo ha sucedido en algo menos de cuatro segundos. Y luego, de nuevo se hace el silencio.

Cuando se disipa la polvareda, Tarasca aparece impasible, todavía con esa feliz mueca en la cara, y mirando atentamente los rostros desencajados de los dos Caínes, que, a pesar de las salpicaduras de sangre negra, cefálica, que los han puesto perdidos de arriba abajo, no están del todo seguros de lo que acaba de pasar. Durante unos segundos más, los que restan hasta que a todos y cada uno de los baleados se les vaya el último y definitivo aliento, estos dos hermanos con aspiraciones de vileza, Diego Fernando y Rubén, Quintero Giraldo, nacidos en el barrio de Los Alacranes e hijos de un humilde sastre y una hermosa lavandera, seguirán respirando con miedo e inquietud, un tanto atropellados, hasta que la última gota de su maldad se les escape a través de un corte en forma de cruz en la garganta.

Luego, en un visto y no visto, Sutton también matará a los otros catorce sicarios que se quedaron fuera, dejando aquella explanada cubierta de fría maldad y de un montón de casquería.

18

Salón de Belleza

Pasa ya con cierta holgura de las nueve de la noche. Ha sido anochecer y, curiosamente, han desaparecido los nubarrones que a lo largo de la tarde han impedido que las claridades estivales ensancharan el sábado, convirtiéndolo en lo que debería de haber sido y en lo que nunca debió de dejar de ser, un luminoso y anodino día de verano. Ausente de nubes, el cielo despejado, ahora son las primeras sombras nocturnas las que comienzan a posarse sobre todas las cosas con la contundencia de los malos presentimientos. A estas horas, y a pesar del calor acumulado que todavía desprende el asfalto, esta ciudad, que antes solo parecía artificial, ahora, teñida de unos colores híbridos y acrisolados que le confieren al cielo un matiz entre sanguinolento y mágico, me resulta mucho más hermosa que a la luz del día.

De pie, frente al número treinta y nueve de la calle que la operadora le ha indicado, Adán comienza a dudar acerca de su cordura. Además, durante el trayecto le ha ocurrido algo que, además de engordar su confusión, le va a resultar difícil de explicar si quiere hacerlo. Iba conduciendo absorto en sus miedos e inquietudes y, por un momento, durante apenas un segundo, durante un impreciso pero breve instante en mitad de la inesperada oscuridad de la tarde, ha notado una presencia en al asiento posterior del coche. No sabe a qué se ha debido. Quizá haya percibido una sombra más gruesa entre tanta sombra. Quizá haya creído escuchar un murmullo, un hálito o un minúsculo crujido de la tapicería. Pero lo cierto es que el suceso le ha çausado un severo sobresalto. Así que, con más miedo incluso que necesidad, ha mirado por el retrovisor rezando para que se confirmara que solo había sido fruto de su dañada y condicionada imaginación tras todo lo acontecido durante el día. Y, efectivamente, no había nadie.

Primero ha decidido acudir a la dirección del supuesto abonado del número del teléfono fijo que, según la información obtenida, ha resultado ser una empresa con nombre de ciudad colombiana de la que, sin embargo, no encuentra referencia alguna, ni en placas, buzones ni en ninguno de los telefonillos del edificio en cuestión, un bloque nuevo de viviendas, la mayoría de ellas sin vender por culpa de la crisis. Tras varios minutos esperando por las inmediaciones sin toparse con nadie —la calle estaba tan desierta como el corazón de un amante abandonado—, al girar una esquina ha logrado encontrar, abordar y preguntarle a un par de tipos que, a pesar de asegurar que eran vecinos del barrio, sin embargo, no le han sabido dar razón de la existencia de ninguna empresa de exportaciones con ese nombre por la zona. Como si les hubiera preguntado por mi inequívoca existencia a dos paganos. Cuando les ha preguntado por si alguna vez han visto por allí a un hombre muy gordo, tratando de describir de la forma más gráfica posible el aspecto histriónico de Tarasca, el gesto de ignorancia de los dos vecinos ha vuelto a ser el mismo.

De allí ha cogido el coche y, después de más o menos otro cuarto de hora por autovía, se ha trasladado a la dirección que la operadora le ha facilitado en referencia al titular del número móvil.

—¿En qué piso dice usted?

—En el 1°. En el 1° A.

—Pues va a ser que ahí ya no vive nadie —le aclara un vecino con el que se ha encontrado cuando salía a la calle para sacar la basura—. Antes sí, pero ya va para un año que está a la venta, desde que falleció la señora Engracia.

—¿Engracia Martín? Esa es la persona a la que busco, sí.

—Pues como no se acerque usted al cementerio, no creo yo.

Adán no sabe qué hacer o decir. Se frota los ojos, cabecea nervioso, pone los brazos en jarra. El vecino, de más de sesenta años, con barba sin rasurar, cigarrillo entre los labios, pantalón corto de tergal, camiseta de tirantes y chanclas, se aleja de él unos metros para alcanzar el contenedor. Adán no puede saber que se llama Salva, que trabajó treinta años en la Seat de Martorell hasta jubilarse y que tiene una hija que le ha dado tres nietos preciosos.

—¿Y dice usted que desde entonces ese piso no ha sido alquilado?

—Lo que yo le diga. Desde entonces por aquí no se ha pasado nadie. Salvo la nieta, una chavala muy guapa, por cierto, a la que he visto alguna que otra vez venir a echar un vistazo, a recoger el correo o a abrir las ventanas para que se oree, en esa casa no ha vuelto a entrar nadie.

—¿La nieta? ¿Sabe usted si vive por aquí cerca?

—Que yo sepa vive en Barcelona. Ahora no le puedo dar más razón al respecto. Quizá mi mujer sepa algo más. Si quiere la llamo de un grito y le pregunto.

Adán no le responde, afanado en repasar las escuetas señas anotadas en el papel; un teléfono continuamente apagado y el nombre de una persona muerta; lo que supone muy poca luz entre tanta oscuridad. Mientras tanto el hombre, curioso ante la inquietud y el azogue que muestra el joven, aguarda una más que segura nueva pregunta antes de meterse de nuevo en el portal.

—Y claro, ¿no se acordará usted de cuándo la vio por última vez? A la nieta, digo.

El viejo Salvador sonríe con socarronería.

—Pues va a ser que de eso sí que me acuerdo. Entre otras cosas porque ha sido esta misma tarde después de comer, más o menos cuando ha empezado a nublarse. Me la he cruzado saliendo del piso cuando he bajado al bar a tomarme el café y la copa y a leer el Mundo Deportivo. Ella bajaba a toda leche delante de mí. Se conoce que tendría prisa la muchacha, digo yo. Hasta se le ha caído el mechero.

El viejo, que por su acento denota que tampoco es catalán, saca un encendedor del bolsillo del pantalón.

—¿Me deja echarle un vistazo? —pide Adán, quitándoselo prácticamente de las manos para leer las impresiones que en él hay escritas.

Y un instante después, mientras el viejo apura las últimas caladas de su cigarro en el umbral del portal de su edificio, el Toyota Auris rojo que la mujer que se hacía llamar Eva le regaló hace apenas un año a Adán, desanda a toda velocidad el camino recorrido. La posibilidad de que exista algún tipo de relación entre la chica, la nieta de la señora Martín, fallecida hace ya casi un año, y el rótulo de publicidad impreso en el mechero que se le ha caído a su nieta, una joven que al parecer se ha pasado por esa dirección esa misma tarde, es mínima, casi forzada, cierto, pero no hay más narices que seguir intentándolo. Piensa Adán. Así que marca en el navegador del coche la nueva dirección, mientras echa un nuevo vistazo al encendedor y lee de nuevo su inscripción: Salón de Belleza Clarisse.

Veintitrés minutos más tarde.

Pedralbes es un barrio acomodado, de anchas avenidas, donde casas unifamiliares, algunas casi lujosas, se alternan con jardines y bloques de una altura de tres o cuatro plantas a lo sumo. Es un barrio concurrido, pero barrio dormitorio al fin y al cabo y, por ello, de lo más tranquilo.

Adán se encuentra dentro del coche, aparcado a poco más de diez metros del edificio de la calle Cavallers en el que, supuestamente, se ubica el negocio que se publicita en el encendedor. Está cansado y tiene hambre. Lleva todo el día sin probar bocado. Desde el *shock* inicial han pasado ya algunas horas, muchas, en las que la velocidad de sus actuaciones y la trascendencia que él cree que tiene la aventura en la que se ha embarcado no le han dejado pensar en algo tan básico como alimentarse. Y ahora, de golpe, se da cuenta de que está muy cansado y de que además tiene hambre. Baja del vehículo y se aproxima al edificio. Una discreta placa de metacrilato le indica que, efectivamente, en el segundo piso de ese inmueble de ladrillo rojo y toldos blancos, se encuentra la empresa que busca. Sin decidirse a llamar al timbre, dada la hora que es y lo poco convencido que está de que el negocio en cuestión tenga alguna relación con lo que sea que esté buscando, echa un vistazo a los alrededores para obtener una impresión general. En una de las esquinas de la calle, el estridente fulgor de un neón en medio de una noche que se aventura oscura le advierte de la existencia de una cafetería que todavía sigue abierta.

Noche de fin de semana, de un incipiente verano, tras una tarde tormentosa, en un barrio dormitorio de una ciudad en retirada. Quizá por todo eso, a estas horas el local presenta el aspecto desolador de un bar de carretera. Su decoración fría, demasiado metálica y funcional, no ayuda ante esa falta de calidez que se acentúa por la ausencia de clientela. Solo hay una pareja de ancianos en una de las mesas, un joven echando monedas en la tragaperras y una solitaria mujer en la barra. Nadie más, aparte del camarero. Adán entra, se sienta en un extremo del mostrador y pide una botella de agua y un bocadillo de jamón con tomate. Es tarde, ya no sirven platos combinados, solo comida fría; bocatas y las pocas tapas que queden a la vista. La televisión está encendida pero no emite sonido alguno, lo que parece no importarle a la pareja de viejos, que la miran absortos para evitar tener que hablarse. Lo que suena es la tragaperras. Aunque hay una claridad clínica y agresiva en el local que invita a marcharse, aunque hay una escoba y un recogedor a la vista, dejados de forma ocasional, apoyados en uno de los ventanales, ninguno de los presentes parece darse por aludido.

El camarero, de rostro seco y hastiado, se le acerca con la bebida.

—Discúlpeme. ¿Usted sabe si por aquí hay un salón de belleza, un salón de masajes o algo así?

El camarero, que aunque nacido en el Maternoinfantil de Barcelona es de padres jienenses, se llama Joan y es el dueño del local, ha entendido perfectamente qué le está preguntando el recién llegado. Y podría por ello no contestar o hacerse el tonto y echar balones fuera, pues además de no tener ni pizca de ganas de conversación a esas horas, la pregunta, ya solo por el tímido y quedo tono que ha empleado Adán al pronunciarla, apunta a sospechosa. Podría por todo ello no contestar —porque por deformación profesional desconfía— o hacerlo con una negación escueta y evasiva. Pero su talante fajador le hace responder.

—Sí, en esta misma calle, un poquito más arriba. Pero ahora hace unos días que apenas veo movimiento.

—Y, por casualidad, no sabrá usted qué tal es.

Ahora sí que sonríe —cómplice— quizá delatando con el gesto que gracias a su situación económica, desde que en enero del año pasado Marisa se fue con los críos y le dejó, se ha permitido probar sus servicios un par de veces al menos. Más por despecho incluso que por necesidad o vicio. Y entonces se acerca al mostrador, inclina la cabeza invitando a Adán a hacer lo mismo, y le cuenta *sottovoce*:

—Prohibitivo, sepa usted, siempre que lo que esté buscando no sea hacerse la depilación a la cera. —Sonríe por su propia ocurrencia—. Eso sí, las mejores tías de Barcelona. Mire —señalando hacia el otro extremo de la barra con la cabeza—, está usted de suerte porque ahí tiene un buen ejemplo de lo que le digo.

Justo en la esquina opuesta a la que él se encuentra, en una ubicación perfectamente encarada hacia la dirección del negocio que Adán ha venido a buscar, una mujer de cabellos largos y oscuros como el cielo de esta noche y ojos celestialmente azules parece inquieta, si atendemos a las veces que alza la cabeza para mirar hacia el exterior de la cafetería y, un instante más tarde, la vuelve a agachar para trastear el móvil. Tan concentrada está en su zozobra, que ni siquiera se percata de que desde el otro extremo de la barra Adán la está observando sin ningún disimulo y casi con descaro, seguro de haber encontrado en ese hermoso rostro algo que le resulta enormemente familiar.

Con un evidente nerviosismo, como si temiera que con la entrada de la noche se fuera a precipitar algo malo, la chica saca un cigarrillo y rebusca infructuosamente un encendedor que ella aún no sabe que ha perdido.

Y sí. Se trata de la misma mujer que aparecía en las fotos de los viajes de Adán y Lidia. O Eva.

19

El corazón de La Manzana

—*¿Por qué lloras?*

—Hace unos días encontraron muerta a Lorena.

—¡Lorena! ¿Cómo que a Lorena? ¿Pero por qué? No puede ser, ¡joder! A ella no.

—Estoy muy asustada, Eva.

—¿Dónde la encontraron?

—No sé. En el Prat, creo. Entre la desembocadura del río y el aeropuerto. Según el periódico, la habían degollado y tenía el cráneo aplastado con una piedra.

El diablo, además de acabar pareciéndose a sí mismo, por mil rostros distintos que utilice, siempre ha tenido un curioso sentido del humor. Así que Tarasca, un tipo muy lúcido y leído, seguro que puede ser de lo más ocurrente y divertido cuando quiere. Será por eso por lo que, en pleno corazón de La Manzana, justo encima de lo que era la discoteca central, se construyó un despacho con forma oval. El lugar al que acaba de llegar Eva.

Ha sido entrar en esa estancia, y venirle al pensamiento esos pasajes de la conversación que ha mantenido hace un rato por teléfono, mientras veníamos hacia aquí, lo que hace que inevitablemente relacione a Tarasca con lo que todavía no asimila que le ha ocurrido a Lorena. De forma instintiva, como quien busca un amuleto que espante sus males, echa mano al bolso, palpa en su interior y empuña de nuevo el revólver, sintiendo su peso y su tranquilizadora frialdad.

Y con la falsa seguridad que le transmite el arma repasa la estancia desde el vano de la puerta, dejando que su mirada se pierda por ese espacio, ahora diáfano y desvencijado, y lleno de cascotes, papeles y excrementos de ocasionales visitantes, pero que antes lucía con todo lujo y el mejor de los estilos. Antes las cortinas que cubrían el enorme ventanal, tapiado ahora con sencillas planchas de madera, eran de algodón de Pima. Los muebles, de castaño y aliso, estaban tapizados con lino egipcio. Sobre la mesa presidencial tras la que se sentaba Tarasca, llegó a haber innecesarias y carísimas miniaturas de painita y taaffeíta y, sobre las paredes de la habitación, destacaban un Van Gogh, un Rothko y un Modigliani. En un pedestal también reposaba un busto de Oteiza y, al lado del conjunto del sofá y el sillón, lucía otra escultura de Juan Muñoz. Una enorme televisión de plasma cubría casi por entero uno de los lados del óvalo. Sobre un estante de caoba había una colección de armas antiguas y en una urna de cristal descansaban dos libros: una réplica de la Biblia de Gutenberg, con cubierta en cordobán, en plata y dorado; y una primera edición de 1802 de *El paraíso perdido*, de John Milton. Justo en el centro de la sala, donde se abre ahora un enorme agujero a modo de ombligo, antes había una cúpula de grueso vidrio a través de la cual Tarasca se entretenía observando los rostros de la gente, deformados por la luz estroboscópica y los efectos de la música, que en los buenos tiempos solía llenar la sala del piso inferior. *El ojo de Dios*, le llamaba de forma sardónica.

Del despacho se abren tres vanos, antes puertas: la principal, la que da al pasillo, que era de una hoja, corredera y de grueso cristal ahumado sobre el que había impresa, a modo de logo empresarial, la figura esquemática de una serpiente rampante sobre una manzana, parecida al de las farmacias; una que da al cuartito donde se ubicaban los monitores y los ordenadores del sistema de vigilancia; y una última, que hoy ha sido sustituida por una chapa de fino aglomerado, simplemente apoyada sobre el dintel, tras la que se disimulaba un ascensor con el que se podía ascender desde el sótano, y que hoy da a un vacío abrupto del que cuelgan cables, tubos y otros restos del antiguo mecanismo.

A la derecha de la mesa rectangular, había un sofá *Plume Blanche*, de caoba y cuero de cocodrilo, y un pequeño sillón *Louis Vuitton*.

Eva anda despacio, esquivando los inexistentes muebles, y tratando de no hacer mucho ruido, como si estuviera profanando un panteón. En esta habitación, de gruesas paredes, casi acorazadas, han desaparecido cada uno de los cincuenta pequeños halógenos que, simulando un cielo estrellado, la iluminaban. Eva sigue alumbrándose con la linterna del móvil. El juego entre las sombras que la soledad del lugar proyecta y la tibia luz de su teléfono nos deja apenas advertir el miedo en su rostro. Primero entra en la sala de control. Han desaparecido la puerta y el marco, pero por las señales dejadas por los ladrones en el dintel y las jambas, es fácil deducir lo gruesa y blindada que era. La estancia está vacía pero, sorprendentemente, mantiene el papel de las paredes con el logo del grupo en perfecto estado. Después, percatándose de que la endeble chapa que esconde el hueco del ascensor está poco menos que mal apoyada, la mueve hasta apartarla y se asoma con cuidado iluminando con el móvil sin apenas advertir el fondo. Son tres pisos de altura. En un descuido, y por culpa de la arenilla del suelo, resbala y a punto está de precipitarse al vacío, si no llega a ser porque con la otra mano consigue sujetarse a uno de los cables que penden sueltos junto a los rieles del elevador, como tentáculos de un monstruo tenebroso. Tras el susto respira hondo, a duras penas se serena, y continúa circunvalando la habitación. Al llegar al hueco del ventanal golpea levemente con el puño las maderas que lo cubren para comprobar que una al menos, la del medio, está algo suelta. En su mente proyecta posibilidades de defensa y escape. Cada puerta se le antoja una posibilidad de huida, cada defecto en la estructura (el hueco del *ojo de Dios* en el suelo; el ascensor disimulado, el ventanal mal tapiado) una herramienta para defenderse, llegado el caso. Luego continúa por el perímetro y se acerca a la pared que quedaba a la izquierda de donde antes estaba la enorme mesa y, con esa querencia nostálgica que de forma tan curiosa siempre acaba condenando a todos los delincuentes, mete la mano en el hueco, ahora vacío como una hornacina, en donde antes estaba la caja fuerte de Tarasca oculta tras un desnudo de Modigliani.

Eva tarda treinta y seis minutos justos en salir del siniestro edificio principal del descomunal complejo. En ese espacio de tiempo puedo asegurar que no ha pasado nadie por la calle. Las naves siguen todas cerradas y la oscura noche ya se ha venido totalmente arriba, salvo por unos últimos brochazos anaranjados y violáceos que ya se disipan por el oeste y que descartan definitivamente que al final vaya a llover.

Al entrar al taxi tarda por lo menos un par de segundos en recomponerse y hablar. Yo, que al margen de sentir mi propio nerviosismo también puedo palpar con facilidad sus atribuladas emociones, aguardo con inquietud sus palabras.

—Tengo hambre, J. Te invito a cenar.

Y como sé que el juego de la vida ha de continuar, como sé también que llegado a este punto de la narración a nadie se le puede escapar que mi función no es otra que seguir acompañándola y tratar de protegerla, acepto la invitación de Eva con una sonrisa forzada y decido continuar a su lado, convirtiéndome por tanto en testigo y parte del discurrir de unas horas que, tanto a ella como a mí, solo nos van a proporcionar peligro, dolor y un gran desconsuelo.

Y también mucho miedo.

20

Eva me ha hablado de ti

Con el encendedor que le acaba de prestar ese desconocido, la morena de ojos azules se dispone a salir a fumar un cigarrillo. Antes de darle las gracias por la cortesía, lo observa un segundo con una mirada curiosa, nada inquisitiva, como la que le dedicas a ese viandante con el que te cruzas y de repente te recuerda a alguien conocido.

—Yo tenía un mechero como este. Gracias —dice, quizá algo a la defensiva por la sospechosa coincidencia.

Ambos se miran fijamente. Insisto en que no hay dureza en la mirada que se cruzan. Ni deudas pendientes. Solo una recíproca curiosidad malsana que les hace escrutarse mutuamente para tratar de adivinar; el uno, por qué aquella mujer lleva tanto tiempo dentro de su vida; y la otra, qué hay de familiar en ese rostro de hombre fatigado.

La cafetería sigue oliendo a sábado aburrido. La tele en marcha, pero muda, con un inane programa de TV3. De los tres clientes que quedan, Josep y Pilar, la pareja de ancianos, que se quiere tan poco como el primer día, permanecen estáticos como si fuesen mero atrezo. El tercero, Costantin, que está esperando a un compatriota que ha de pasar a recogerlo para ir después de putas, empieza a desquiciarse por el grosero sonido que la máquina hace al digerir sus monedas. Joan recoge lo de la barra para ir avanzando el cierre. En la calle la misma tranquilidad inocua de hace un rato, la misma que en este preciso instante seguro podríais encontrar en otras tantas ciudades del mundo en las que un desconocido, un tipo de apariencia sencilla y nada intrigante, aunque algo desaliñada por el cansancio, se acerque a una desbordante mujer y, sin que esta se lo pida, le ofrezca fuego aprovechando que ella no encuentra el encendedor ni en los bolsillos ni en el interior de su bolso. Sé que parece un mal pretexto. Sé que parece el maniqueo inicio de una desastrosa aventura. Pero así es la vida.

Un momento antes de este gesto de la entrega del encendedor, Adán le ha dado un par de famélicos mordiscos al bocadillo de jamón y pan reseco y un enorme trago al botellín de agua. Pero justo tras decidirse a acercarse a ella después de las indicaciones que ha recibido del camarero, quizá por su naturaleza apocada, quizá simplemente culpa de los nervios propios de enfrentarse a lo imprevisible, el hambre que arrastraba le ha desaparecido de repente.

—¿Nos conocemos? —pregunta Raquel, quieta ante la insistente mirada de Adán.

—No sé. Dímelo tú.

Aquella respuesta acaba por descolocarla y por ponerla sobre aviso.

—No. Perdona. Me habré equivocado. Cóbrate, Joan, por favor —le grita al camarero, dejando el encendedor y un par de monedas sobre la barra, mientras recoge el bolso y el resto de sus pertenencias y se levanta del taburete.

—¿Por qué tanta prisa? ¿No me dejas que te invite a otro café? —la detiene Adán poniéndole una mano en el hombro.

A Raquel se le empieza a notar verdaderamente incómoda con el tono provocador de Adán.

—Pero ¿tú de qué coño vas? No me toques los cojones que tengo prisa, anda —dice airada, pero con una voz dulce y poco agresiva, zafándose con un ligero empujón y encaminándose hacia la puerta del bar.

En ese tono de voz hay tanto enfado aparente como miedo disimulado.

—Estoy pensando que de repente me apetece un masajito. Me lo podrías dar tú.

Y sin demasiado recato, con un ademán pretendidamente rufián y chulesco y un novedoso ímpetu en el que apenas se reconoce, Adán la coge del brazo y sale con ella a la calle bajo la absoluta apatía de los otros tres parroquianos, Josep, Pilar y Constantin, que continúan como obedientes piezas de un desabrido decorado, pero ante la exigente mirada de Joan, el camarero que, más que preocupado por el acometimiento que está sufriendo la mujer —pues aunque la conoce, al fin y al cabo es un tipo despreciable y la tiene por una puta—, solo tiene en la cabeza que el hombre pueda irse sin pagar. Pero al pasar por la esquina de la barra en donde le aguarda su triste cena casi intacta, Adán deja caer un billete de diez euros. Más que suficiente.

La noche ya es tan cerrada como la boca de un ogro. Apenas hay ruido en el ambiente. Barrio tranquilo, sin tráfico, como he dicho antes que era. Solo se oye un descompasado ruido de tacones sobre el asfalto. La singular pareja anda calle arriba a trompicones, ella tratando de soltarse y él impidiendo que ella se escape de su fingido abrazo, pero evitando, al mismo tiempo, una excesiva dureza para no provocar un numerito que la haga gritar y provocar un escándalo.

—Pero ya está bien, ¡joder! ¿Se puede saber qué coño quieres? —pregunta la chica elevando un tanto la voz y deteniéndose de golpe en medio de la calle.

—¿Quién eres? ¿Cómo te llamas? —pregunta a su vez Adán.

—Y a ti qué narices te importa, ¡pirado de mierda! Déjame en paz o llamo a la policía.

—¿Por qué has llamado este mediodía a mi casa?

—¿Yo? ¿De qué vas? Yo nunca he llamado a tu casa. Pero si ni siquiera sé quién eres, joder.

—Has llamado a mi pareja, a Lidia.

—Te digo que yo no he llamado a nadie. —La morena anda perdida entre los confusos lindes de aquella conversación, que empieza a resultar un tanto bizantina.

—¿Y a Eva? ¿No has llamado a una tal Eva desde un móvil que está a nombre de Engracia Martín, una ancianita que, para más absurdo, está muerta?

Aquella última información paraliza a la chica haciendo que, desde la grácil altura de sus tacones, sus hermosos ojos azules se queden clavados en los fatigados ojos pardos de Adán, regalándole una expresión extrañada y cariñosa al mismo tiempo. Ya ha caído en quién es. Las cabezas apenas separadas por unos centímetros, menos de un palmo, hasta el punto de que los cabellos de ella, movidos inesperadamente por una súbita y oportuna brisa que acentúa lo especial del encuentro entre ambos, golpean amables la mejilla de él. Acariciándola.

—Eva me ha hablado mucho de ti —le dice Raquel. Con muchísima ternura.

21

Solo son negocios

La idea de fundar Beautiful 3 fue de Eva, que llevaba masculando su creación desde el primer año de carrera. Ella fue la que en 3° convenció a su amiga Raquel de que se le asociase, y la que también acabó arrastrando hacia su plan a la obediente Lorena. De la primera buscaba su sensibilidad, de la segunda únicamente su lealtad ciega.

De inicio solo Raquel mostró ciertas reticencias de orden ético con respecto al objeto social de la empresa. «Somos tías, joder. ¿No crees que además de ilegal lo de fomentar la prostitución es algo degradante?» Le dijo a su amiga el día que esta compartió con ellas su proyecto. «Mira, Raquel. Lo de la legalidad o ilegalidad es cuestión de cómo vendas el producto. En cuanto a lo segundo, luchar contra la idiotez de los hombres es una batalla perdida. Créeme. Así que, según yo lo veo, lo estúpido y denigrante sería dejar en sus manos lo que es inevitable». Le respondió Eva con determinación y solvencia. Y no hubo mucho más. A lo largo de aquella tarde desarrollaron por encima el concepto del negocio, sonrieron ilusionadas al sentirse ya empresarias y brindaron con cerveza.

La última vez que Eva vio a su padre —ella siempre lo llama *«el mierda de mi padre»*— fue para pagarle por la intermediación de uno de los últimos lotes de chicas que se trajo de Brasil. En negro. En mano. Sin besos. Se encontraron en la cafetería del NH de Gran Vía de Madrid, una mañana de noviembre algo ventosa y el encuentro duró apenas unos minutos. Un par de años antes también habían coincidido en el entierro de Esperanza, la madre, un desangelado sepelio al que apenas asistieron otros familiares y en el que ellos tampoco se dirigieron la palabra.

Eva comenzó a odiar a su padre antes incluso de que le viera por primera vez pegar a su madre. Se diría que lo odió desde la cuna porque, ya desde cría, de bien pequeña, receló de su barba casual y su pelo bien hecho, del pañuelo asomado en el bolsillo de la americana, de su olor a perfume afrutado, o de la maldita forma que tenía de mirarles a las dos, mezcla de insignificancia y condescendencia. Receló del hecho de que siempre, antes del primer tortazo incluso, en el mejor de los casos se dirigiera a las mujeres de su casa con un desconsiderado «oye». Su padre era otro demonio más —hay muchos, cientos, miles—, de esos que soportan a su familia como quien soporta la mácula de sus antecedentes penales hasta que estos caduquen. Con rabiosa paciencia.

Al mismo tiempo Eva siempre fue consciente de su mediocridad y lo supo débil y entregado a sus pasiones. Putero, agresivo, egoísta, narcisista y mezquino a partes iguales. Pero también es verdad que entendió muy pronto que su padre era al mismo tiempo un hábil abogado y un avispado comerciante, con hechuras más propias de un pequeño mafioso provinciano si se quiere, pero con una destreza increíble para salir indemne de cualquier negocio sucio que acometiera. Así que cuando en la universidad decidió de qué manera tan arriesgada iba a orientar su futuro, supo que, a cambio de un buen precio, su padre iba a ser el tipo perfecto para ayudarla a labrar los siempre farragosos inicios de cualquier negocio.

Y aunque Eva en todo momento fue consciente de que en su progreso iba a sobrepasar con creces la línea de lo legal y de lo correcto, he de decir que siempre supo encontrar justificaciones a las que asirse las veces que su mala conciencia pugnó con sus aspiraciones profesionales. De hecho, el truco que encontraron las tres amigas para no tener que soportar la verdad más desnuda acerca de cómo y con qué habían decidido ganarse la vida, el proceso mental que eligieron para no caer en la ineludible trampa moral, ya no de preguntarte de vez en cuando si lo que haces estaba bien o no, sino de admitir abiertamente que no lo era, consistió en cuatro premisas muy básicas: trabajar bien y muchas horas, evitar inmiscuirse en todo lo que no fueran resultados empresariales, pagar debidamente a Hacienda, e invertir de vez en cuando en obras sociales, lo que además les desgravaba.

Porque aunque en teoría Beautiful 3 era una empresa dedicada a ofrecer un completo catálogo de diversos servicios profesionales —traducción, contabilidad, peritaje, secretariado, hostelería, *personal shopper* o *trainer*, etc.— dirigido a un público eminentemente empresarial y, eso sí, por lo general masculino; en realidad lo que ofrecía a sus singulares y exigentes clientes no era otra cosa que la promesa de vivir una experiencia inolvidable gracias a la más diversa y sofisticada oferta de prostitución que se pueda imaginar. La empresa, que estaba formada solo por mujeres, tenía en nómina únicamente a las empleadas necesarias para los trabajos de administración más básicos. Al resto de personal auxiliar, ya fueran abogados, informáticos, médicos, conductores o escoltas, se les subcontrataba o contrataba por obra, evitando con ello un ligamen laboral permanente y sospechoso. Las chicas, que ejercían en régimen de autónomas y firmaban estrictos contratos de voluntariedad que eximían a la empresa de cualquier contingencia en el desempeño de sus peculiares trabajos, ni venían engañadas ni cobraban poco. Además, la empresa las contrataba bajo una apariencia de legalidad de lo más simple. Por ejemplo, si la prostituta en cuestión iba a simular ser traductora, la empresa se aseguraba de que la chica contratada tuviera el título académico necesario. Si tenían que traerla de cualquier país extranjero, se simulaba un motivo creíble para su viaje, ya fuera por razón de turismo, visita cultural o por razones de estudios. Incluso se podía llegar a fingir que venían a una familia de acogida, llegado el caso. Las había de cualquier edad, formación y condición social, con la peculiaridad física que se deseara y, por exótica que esta fuera, de cualquier nacionalidad que al aberrante capricho del cliente se le pudiera antojar. Podías incluso tener el excéntrico antojo de que la chica a la que contratabas para dar rienda suelta a tus fantasías, fuera de un país, una ciudad o un pueblo en concreto. Con tiempo suficiente y por el precio adecuado, la empresa acababa consiguiéndola y justificándote documentalmente la naturaleza y origen de tu pedido. Como si estuvieses comprando un animal exótico.

Como objetivo empresarial, Beautiful 3 no consideraba la posibilidad de la más mínima decepción en el cliente. Precisamente el negocio tenía su fuerte ya no solo en la variada selección de su oferta, debido a un entramado operativo mercantil de lo más original, sino en el bajísimo porcentaje de insatisfacción de su clientela, que rondaba la tendencia al 0. Y para esto es para lo que el padre de Eva, experto en Derecho de Extranjería y ducho en el comercio más nebuloso, entró en tratos con su hija, quien acudió a él para que le diseñara y constituyese una red de empresas pantalla —en Colombia, Brasil, Bangkok, Ciudad del Cabo o Moscú, pongamos por caso— que, bajo un cariz aparentemente cultural y educativo y un supuesto objeto social relacionado con el intercambio estudiantil, algo así como un Erasmus privado, funcionó a las mil maravillas para lo que en realidad se perseguía, que no era otra cosa que proporcionar, amparar y encubrir un montón de actividades ilegales. Ni qué decir tiene, porque con la complejidad del entramado se sobrentiende, que el negocio requería de la complicidad, a través del pago de comisiones, de un alto número de funcionarios corruptos en y de varios países.

Las tres amigas crearon Beautiful 3 en agosto de 2008, para el cumpleaños de Eva, fecha que ella misma eligió en otro inocente arranque de vanidad. Dos años más tarde, gracias a un servicio discreto, selecto y personalizado que pasaba, no solo por el hecho de saber distinguirse en cuanto a la calidad del género que ofrecían, sino también por su determinación para descartar aquellos perfiles de clientes que no se adaptaban al glamur y a las particularidades que la empresa regalaba, el negocio se había expandido con la velocidad y la glotonería de una marabunta.

La empresa se encargaba de todo, tanto de aportar el material humano, mujeres sometidas a un control médico riguroso a las que llevaban y traían con su propia flota de vehículos con conductor; como incluso de la seguridad privada del cliente durante el tiempo de ocio que le proporcionaba. Además, como se ha dicho, asumía un compromiso de calidad inédito y riguroso que le obligaba a responder ante el más mínimo desencanto del usuario, bien compensándole con un nuevo servicio o bien reintegrándole el precio abonado; según el contrato, las reservas y sus garantías, que cada cliente suscribía a través de varias líneas 900, la aplicación móvil creada por la empresa, o el formulario de la web. Todo estrictamente confidencial y debidamente encriptado. Incluso para gestionar la contratación de los servicios más depravados, aquellas peticiones especiales, manifiestamente ilegales, que algunos escabrosos clientes se empeñaban en obtener, crearon una plataforma que operaba en el submundo más oscuro de la red a la que solo se podía acceder con un software muy concreto y a través de navegadores específicos, algo prácticamente imposible de rastrear, y a la que con todo el sarcasmo y la intención del mundo Eva bautizó con el nombre de *ugly3net*.

El límite a la imaginación y a la perversión del cliente residía por tanto en el compromiso que este adquiría de no dañar la mercancía más allá de lo firmado. Ni un moratón, insulto o aberración más que la contratada y aceptada por la propia chica. Incluso todos los encuentros se grababan de forma clandestina, con lo que en caso de excesos imprevistos o dispares interpretaciones en cuanto a la responsabilidad y la asunción de culpas por parte de los contratantes, Beautiful 3 podía garantizar, no solo discreción en el litigio, sino también sus propios intereses empresariales por medio del más básico de los chantajes.

Unos años más tarde decidieron ampliar el negocio ofreciendo también un variado servicio de *escort* masculino, convirtiéndose así en la empresa con la oferta sexual más completa, distinguida e importante en volumen, de toda España, por no decir de Europa entera.

Fue por entonces, en el afán de consolidar aquella fulgurante expansión, cuando se toparon por primera vez con Tarasca.

Una mañana de marzo bañada por un benigno sol que invitaba a no ser demasiado cauto, Tarasca se reunió con las tres chicas en una suite del Habitat Sky de Barcelona. Además de con Sutton, que se quedó en la puerta de la habitación para no asustar con su estampa espectral aún más a sus invitadas, un Tarasca tan viscoso y repugnante como siempre; con su rostro flácido, su mirada batracia y penetrante, sus pómulos colgantes —casi desprendidos— y con ese mentón cicatrizado y mal zurcido desde la comisura de la boca, que tanto horrorizaba; acudió a la cita acompañado de un par de abogados inexpertos, simpáticos y sumisos. Tras la reunión y la firma del acuerdo que las acababa de unir al grupo de empresas de Tarasca; lo que además de una infraestructura empresarial sólida, eficaz y aparentemente legal, les iba a proporcionar una red de locales extraordinaria y unas medidas de seguridad propias casi de un pequeño estado; las chicas se fueron a comer y a celebrar por todo lo alto su definitivo éxito. Eva, que era la que en realidad había espoleado y convencido a sus socias de las bondades de la firma del contrato, en ningún momento se detuvo a pensar que, por culpa de aquella ambición suya —quizá, herencia paterna— rayana en la codicia, acababa de comprometer para siempre el futuro y la vida de sus únicas amigas.

22

La chica del salón de belleza

Raquel es una de esas creaciones que a uno lo dejan más que satisfecho. Ojo. Quiero que se me entienda. No es que tenga predilección o querencia por ella en detrimento de cualquier otra de mis criaturas. No es eso. No querría que se malinterpretaran mis palabras porque es evidente, y además creo que lo he demostrado de forma clara y contundente, que a todos les quiero por igual. Pero, al mismo tiempo, y aunque sé que esto no solo puede sonar inapropiado o frívolo, sino que además quizá tampoco se llegue a entender del todo, he de confesar que a veces me veo más y mejor representado en unos logros que en otros. Será mi lado humano, que me hace algo proclive a la vanidad. Seguro. Pero la cuestión es que, a fuerza de ser sincero, confieso que no puedo evitarlo.

No es fácil, ya lo sé, interpretar aquello que hago o que digo. De hecho lo lógico es que a todo el mundo se le escape la esencia de mi mensaje, pues, por muchas parábolas que utilice para hacerla llegar, mis elevados pensamientos y mis inescrutables miedos han de resultar ciertamente insondables a vistas de cualquier mortal. Ha de ser así. Pero, aún con todo, al mismo tiempo me veo obligado a exigir que no se caiga en la osada tentación de banalizar de buenas a primeras lo que digo convirtiéndolo en algo dudoso o torticero, pues eso no hará más que provocar mi desilusión y, por lo tanto, también mi enfado. Porque una cosa es que no se capte el sentido de mis razonamientos que, insisto, es algo normal, por mucho que intenté explicarlos llanamente, y otra muy diferente es que de forma tendenciosa se malinterprete mi verbo. Si eso sucediera, evidenciaría una flaqueza espiritual en los hombres que, al mismo tiempo, haría más patente aún si cabe mi lamentable fracaso.

Así que no me gustaría que se cometiera la torpeza de preguntarse si tengo preferencias por Raquel o por cualquier otro mortal. Respondo rotundamente con un no. Cosa distinta es que se me cuestione sobre si alguna vez he favorecido a Raquel en detrimento de cualquier otro de vosotros. La respuesta a esa estúpida e innecesaria pregunta es evidente: por supuesto que sí. Lo hago cada día, constantemente, con todos y con cada uno de los individuos que habitan este mundo imperfecto, incluso con los más deleznables y abyectos. Lo hago y lo seguiré haciendo con todos, sin distinción, al azar, haciendo que una vez les toque a unos y otra vez lo sufran otros. No hago distinciones, insisto, en función de otro criterio que no sea la mera casualidad. Ni atiendo al origen, ni atiendo al credo o a la raza, ni tampoco —a pesar de lo que se diga— me dejo llevar por el sexo del favorecido. Porque, como ya he dicho, aunque puntualmente cada uno requiera de una atención concreta y de un mimo adaptado a sus peculiaridades o carencias, repito que todos son iguales ante mis ojos. Por ello, ese concepto tan ambiguo e incomprensible, tan vago como esperanzado al que llaman justicia divina, no es otra cosa que mi peculiar sistema de reparto equitativo.

Así que, aclarado esto, hablaré ahora de ella. De Raquel.

Aunque, por ejemplo, se reconoce insegura y también algo triste, por contra, es sincera y no peca de mayor soberbia de la que a todos os viene por defecto. Tampoco envidia más de lo que resulta a todas luces perdonable. Nació hermosa, pero eso no la hace vanidosa. Es inteligente, pero se cuida mucho del alarde. A mi gusto es algo crédula e inocente, algo manipulable, pero también es humilde y no tiene rencor. Es nostálgica, pero no lo aparenta. Le gusta ayudar antes de pedir que le ayuden y desconoce en profundidad qué es la ira, pues apenas se arrebata. Tampoco nadie incidiría en su pereza, pues os puedo asegurar que no la tiene. Además se sobrepone con denodado esfuerzo a sus tropiezos, que no han sido pocos a lo largo de su vida, pues ha tenido el mismo porcentaje de fortuna que cualquiera, y ha pagado el mismo peaje que se os cobra a los demás. Dejad si no que os resuma, sin ánimo de ser preciso, algunas de las adversidades a las que se ha tenido que enfrentar hasta este momento. Veamos:

1) A los seis años a punto estuvo de morir por culpa de una septicemia de la que le ha quedado una leve insuficiencia respiratoria, y que de vez en cuando la obliga a suspirar.

2) A los diez, una tarde gris de un incómodo mes de febrero, su madre, de la que había sacado sus rizos azabaches y su tímida sonrisa, murió de cáncer, lo que estaremos de acuerdo es un trance difícil de asimilar a tan tierna edad.

3) Sin haberse recuperado aún del todo, cuando acababa de cumplir los catorce quien se le murió fue Ainhoa, su mejor amiga de la infancia, esa persona en la que se había refugiado tras la pérdida materna, y a la que un martes cualquiera de otro febrero cualquiera, un conductor borracho al volante de un coche color amarillo, la atropelló en el paso de cebra que hay en la calle de La Lluna, arrastrando su cuerpo varios metros hasta que al coche lo detuvo el encuentro con un buzón.

4) Su padre se volvió a casar cuando ella rozaba la mayoría de edad. Raquel y sus dos hermanos —ella es la del medio— se felicitaron al principio, pues al fin y al cabo volvían a verle contento. Pero con el tiempo, debido un poco a la envidia de su madrastra, y otro poco al apocamiento de su padre, que nunca supo encontrar su propia voz en este mundo, acabaron perdiendo el contacto, limitando el alimento de los buenos recuerdos a algún mensaje navideño y a los wasaps encendidos que se enviaron cuando España ganó el mundial. Y poco más.

5) No han sido tantas, pero las veces que lo ha intentado por mucho que se ha esforzado jamás ha encontrado una pare-

ja que, o bien no pretenda utilizarla, o bien no se haya visto acongojado por su excelencia.

6) Tiene hechuras de *femme fatal*, pero no ejerce.

7) Forzada por la necesidad, en la universidad eligió una carrera que nunca le gustó —ella siempre ha sido más de letras— y que, sin embargo, aprobó con la mejor nota.

8) Y allí conoció a Eva, de la que, sin saber muy bien por qué, se hizo más amiga suya de lo que hubiera sido deseable.

Su labor en Beautiful 3 era más de gestión que representativa. Nunca le ha gustado demasiado figurar. Era la primera de las socias que llegaba a la oficina, la que se encargaba de sacar adelante las cuestiones administrativas, y la que más de un día cerraba las puertas al terminar la jornada.

El Salón de Belleza Clarisse no es más que un *meublé*, delicadamente amueblado. Un piso grande, que ocupa toda la planta, con seis dormitorios con baño privado todos ellos, un *office* con cocina y un amplio salón que hace las veces de sala de espera. La decoración es blanca e imprecisa, con líneas suaves y muy poco recargada. Se nota cara. En un rincón del salón, junto a una de las ventanas, varias macetas grandes con helechos le confieren a la estancia cierto aire de inocencia y frescura. Hay reproducciones de pinturas eróticas y fotografías artísticas de desnudos, en blanco y negro, decorando las paredes. También tiene el salón una gran estantería lacada en blanco con muchos libros que nadie ha leído nunca, y revistas y diarios deportivos pasados de fecha sobre una mesita de cristal. También hay una discreta barra de bar, hay una gran pantalla de televisión y una pecera de metro y medio de largo en la que, entre una vegetación submarina de atrezo, nadan tristones dos o tres pequeños peces de colores. Lo que no hay son camillas, ni estantes con productos de belleza. Tampoco hay *lavacabezas*, secadores, tocadores o ningún otro aparataje propio de un negocio de la índole del que se aparenta. Por culpa del tono tenue de la pintura, de la ligereza de las cortinas y de la calidad de los muebles, el lugar no puede evitar desprender cierto aire a consulta de odontólogo. Será también culpa de la música incidental, que se conecta con solo encender la luz, pero que apenas se oye.

Y hay cámaras de seguridad disimuladas en todas las estancias.

—¿Hoy el negocio está cerrado? —pregunta Adán, sin ninguna maldad, al entender que un sábado, a las horas que son, no resulta normal que un puticlub esté desierto.

—Hace una semana más o menos que lo tengo cerrado. Por seguridad, mandé a las chicas a sus casas.

—¿Y qué hacías por los alrededores?

—Pues la verdad es que no lo sé. Eva me ha dicho que me oculte y no se me ha ocurrido mejor sitio que el lugar más obvio en el que pueden encontrarme. He pensado que si ellos conocen la existencia de este negocio, darían por hecho que a mí jamás se me ocurriría pasarme por aquí. Lo mismo hicimos cuando regresamos a Barcelona, cuando se suponía que, de ir a por nosotras, irían a buscarnos lejos de la ciudad —concluye pensativa—. Por cierto, ¿cómo me has encontrado?

—Con mucha suerte, casi por un milagro.

Y sosteniendo el botellín de agua que Raquel le ha traído desde la cocina, Adán le cuenta las peripecias vividas desde el mediodía; la huida de Eva —a la que él todavía no puede evitar llamar Lidia— tras las llamadas telefónicas; lo de su escueta investigación a partir de las fotos del móvil; su fortuna en la averiguación de los teléfonos; las visitas al domicilio de la empresa fantasma y al domicilio donde vivía su abuela. Adán se atropella un poco en la narración. Está cansado —ojeras, renqueantes pausas al hablar, hombros caídos— y se le nota desbordado por lo acontecido, pues necesita alguna respuesta para poder así entender lo que le ha pasado.

—¿Y dices que encontraste mi dirección, bueno, la de mi abuelita, en internet a partir del número de teléfono? Eso no debe de ser legal, joder. Me acojona que sea tan fácil encontrar a alguien.

—Ya. No sé. Yo también lo pienso. Lo cierto es que en esta historia me han ocurrido cosas de lo más inexplicables. Como lo de la visita a mi casa de ese tal Tarasca y del otro hombre. Nadie los vio entrar o salir de la urbanización, como si me lo hubiera inventado.

Raquel le mira con la necesidad de creerle, mientras Adán la mira a ella con la certeza de que está siendo convincente. Hace tan poco que se conocen, que entre ellos aún se crean pequeñas bolsas de silencio, torpezas de comunicación propias de quienes, aunque se caen bien, o saben que van a acabar por caerse bien, solo acaban de encontrarse.

—Por cierto. ¿Es posible que hace un par de semanas estuvieras en una playa de Girona?

—Sí —asiente—. Fue más o menos por entonces cuando empecé a notar cosas extrañas, alguna llamada intempestiva a mi teléfono desde algún número oculto, una ventana inexplicablemente abierta en casa de mi abuela. Cosas así. Por eso cuando Eva me habló de esa escapada vuestra, os seguí, no sé muy bien por qué, la verdad. Supongo que para protegerla. O quizá, únicamente porque tenía miedo y necesitaba estar un poco más cerca de ella. Por eso cuando nos hemos visto me ha sonado enseguida tu cara.

Adán frunce el ceño perplejo.

—Estabas también en aquellos primeros viajes que hicimos Eva y yo. En Granada. En Asturias. En Escocia... ¿Por qué? No logro entenderlo.

Y Raquel solo vuelve a asentir, sin ofrecerle más explicaciones que un gesto de negación con la cabeza que denota lo difícil que se le hace tratar de desentrañar la complejidad de esa historia que sin duda debería contarle, y que vosotros ya conocéis.

—De vez en cuando, en esas fotos apareces junto a otra chica, también morena, aunque algo más bajita que tú. Una chica a la que he visto también en otras fotografías que hay por casa, en las que está con Eva. ¿Quién es?

—Se llama... Se llama —repite el tiempo verbal tras dudar si utilizar el pretérito— Lorena.

Y a Raquel le tiembla la voz. Y Adán, que aunque no sabe bien lo que le pasa, nota el hondo pesar que acaba de embargar a Raquel al preguntarle por la tercera amiga, desiste de insistir, si a ella no le nace contarle nada más. Así que la mira con ternura y posa con extremada delicadeza su mano en su rodilla ofreciéndole consuelo. Y ella, que se muestra realmente afectada, agradece el detalle poniendo la suya encima.

—En ninguna de las fotos se te ve fumar, por cierto —dice Adán tratando de volver a hacerla sonreír.

—Pero si es que en realidad no fumo —sonríe—. Tan solo alguna vez, de uvas a peras, y solo cuando estoy muy, muy nerviosa.

De nuevo un pequeño silencio entre ambos, pero esta vez algo circunstancial y nada embarazoso.

—¿Sabes dónde está Lidia, bueno, Eva?

—No. Pero estate tranquilo. Ya te he dicho que he hablado con ella esta tarde. Sé que está bien. No te preocupes. Eva es la persona más fuerte e inteligente que conozco. Se ha marchado porque tiene que solucionar este asunto que tanto nos preocupa. Tiene que arreglar algo que hizo, que hicimos mal, pero mañana seguro que todo habrá pasado y que volverá de nuevo a tu lado.

—Eva... —A Adán se le escapa en voz alta el nombre, al pensar en la hermosa coincidencia, del «yo Adán y ella Eva», y en que quizá todo hubiese sido diferente sin mentiras de por medio—. Con ese nombre me cuesta mucho saber que hablamos de la misma persona.

—Es lógico.

—Sospecho entonces, que tú tampoco te llamarás Clarisse, ¿verdad?

Y entre la misma media sonrisa que luciría una niña traviesa, Raquel mete la mano en la cartera y le enseña un documento de identidad en el que aparece su foto junto al nombre de Clarisse García Darmaillac, aunque de padre español nacida en Francia, y luego, rebusca en el fondo de un cajón de escritorio que hay en el salón de la vivienda, y le enseña otro en el que pone que su nombre es Raquel Arias Pardo.

—No entiendo nada. ¿Qué necesidad teníais de cambiaros el nombre? ¿Qué narices habéis hecho? Esto parece de película.

—Es algo largo de explicar.

Raquel se levanta de la silla en la que está sentada. Pasea por el salón y se acerca a la ventana, apartando ligeramente la cortina para que entre la noche a bocajarro, y aprovechando instintivamente para echar un vistazo y asegurarse de que en la calle no hay nada inusual o sospechoso. Luego mira en silencio a Adán y le sonríe avergonzada. Se dirige a la cadena musical, la conecta y aguarda expectante a que comience a sonar algo amable que serene el momento. Y suena una antigua y dolorosa canción de los Immaculate Fools que, al margen de hermosa, seguro os da una idea de la edad media de los clientes que tiene el negocio. Vuelve a mirarle. Él no ha dejado de mirarla a ella. Se sonríen embriagados por la música. Luego ella se sienta de nuevo a su lado, casi con las rodillas pegadas, y comienza a contar. Y Adán advierte que, según avanza en la narración, a ella se le va frunciendo el ceño y le tiemblan un poco las pupilas, que titilan de izquierda a derecha como el escrupulillo de un cascabel. Hay arrepentimiento y miedo en sus palabras. Pero aun así, durante no más de unos pocos minutos, sin más interrupción que la que su congoja le provoca, le cuenta a Adán lo acontecido, más o menos, en estos últimos cuatro años. Le habla de cómo conoció a Eva, de lo buenas amigas que eran las tres. Le habla de Lorena, pero no de su muerte, para no alarmarle. Y a punto está de llorar. Le habla también sin ambages de Beautiful 3 y de lo magnífica que es Eva para los negocios, a pesar de lo de su extraño empeño en asociarse con Tarasca. Piensa —sin decirlo— en la ambición de su amiga, algo que siempre detectó pero que en su momento le pareció una virtud, en contraste con su propia modestia. Le habla del miedo que le da ese hombre orondo y fiero, al que solo ha visto una vez, porque era Eva la que trataba directamente con él, pero cuya presencia sentía y sigue sintiendo como una sombra indeseable, como un lunar impertinente o como esa falta de aliento que a veces le provoca el recuerdo de aquella enfermedad que arrastra desde la infancia. «A veces lo veo en sueños. Es algo muy real. Me da mucho miedo». Le dice. Le habla de cómo Eva les contó lo del robo, las enormes posibilidades que aquello les proporcionaría —de un buen seguro contra accidentes, les habló—, y de cómo bastó la infranqueable mirada de su amiga para que Lorena y ella se sintieran, no solo seguras de que no estaban haciendo nada tan malo, sino también afortunadas por contar con alguien que pensase tanto en y por ellas.

Y todo esto se lo cuenta a Adán mientras se hace noche de verdad. Mientras la presencia cercana del uno acaba por tranquilizar los miedos del otro, y viceversa. Mientras él comienza a notar una querencia extraña y repentina por ella, por el timbre melodioso de su voz, por su ternura al explicarle esas cosas tan terribles, por la hondura del color cerúleo de sus ojos. Mientras la banda sonora de fondo es una canción un poco triste.

The pretty tune is at an end
It´s down to you and me again
All the things that i don´t need
*Always seem to follow me every day's a holiday**

* *Esa bonita canción está llegando a su fin,/y otra vez es cosa nuestra/Todas las cosas que no necesito/siempre parecen perseguirme/Todos los días son vacaciones. (N. del A.)*

23

En un oscuro callejón

El 31 de agosto de 1955 apareció un cadáver cerca de la desembocadura de un río. Al chaval —esta vez fue un chico, y eso en un principio me despistó— lo habían matado tres días antes dos tipos blancos de un tiro en la cabeza, después de propinarle una paliza por haber piropeado a una chica blanca que se llamaba Carolyne. El joven negro se llamaba Emmett Till y el río es el Tallahatchie, que pasa por la pequeña ciudad de Money, Misisipi.

Cincuenta mil personas dicen las crónicas que acudieron al funeral del niño. La madre del difunto exigió que se abriera el ataúd para que todo el mundo pudiera ver el rostro desfigurado de su hijo, consiguiendo que los periódicos pudieran inmortalizar la horrible imagen, y haciendo con ello que el mundo se llenara de indignación. Pero, aun con esas, Roy Bryant y J. W. Milam, los dos enardecidos segregacionistas detenidos como sospechosos de ser los autores del crimen, fueron absueltos una semana más tarde por un jurado compuesto por doce hombres de su mismo color.

Bryant y Milam no actuaron solos, tal y como confesarían una vez el asunto quedó como cosa juzgada. En una entrevista que un año más tarde concedieron a la revista *Look*, como si de dos deportistas o actores famosos se trataran, ambos admitieron que la noche en la que secuestraron a aquel chaval de catorce años, lo encerraron en un cobertizo para herramientas durante varias horas, le golpearon con saña y placer, le pegaron un tiro y arrojaron después su cadáver al río, estuvieron acompañados por un tipo al que nunca nadie encontró y del que confirmaron dos detalles: el primero, que el individuo era de un tamaño enorme. El segundo, que el forastero se hacía llamar Seth.

Solo un par de semanas después, cuando tanto el clamor por el dolor y la injusticia del macabro asesinato del niño Emmett, como la indignación por el resultado del juicio aún no habían conseguido cruzar de costa a costa el país, se produjo otro macabro suceso en aquel oscuro callejón de la ciudad de Natchez, en el condado de Adams, a poco más de ciento cincuenta millas del pueblecito de Money. Un suceso que, este sí, pasó prácticamente desapercibido.

A la joven Maggie la encontraron en Cotton Alley, un callejón húmedo y sombrío de menos de dos yardas de ancho y veinticinco de largo, entre Pearl Street y Commerce Street, sentada sobre un gran charco de sangre que la teñía de un color tinto de arriba abajo, manchando por entero su vestidito amarillo y sus calcetines blancos, y que empapaba los bordes de la revista *Harper's Bazaar*, el número de octubre de aquel año, que la chica aún llevaba en su mano izquierda cuando una pareja de la policía, en compañía del juez Perceval L. Miller y el viejo doctor Evans, levantaron acta. Tenía su espalda apoyada en un canalón como si, por extraño que pareciera debido al lugar, la pobre se hubiese detenido a descansar después de salir del taller de costura de la Sra. Weldon, en donde servía, camino de la parada del bus que la tenía que llevar a su casa, en las afueras, allá por Clairbone Street.

Es miércoles, 21 de septiembre de 1955. Cuando llego al lugar son justo las seis y ocho de una tarde lluviosa y ligeramente fría. El tiempo ha cambiado bruscamente. El otoño se ha adelantado y, de hecho, cuatro días más tarde caerá una tromba de agua agotadora que convertirá Maine Street en un caudal navegable y sin gobierno hasta desembocar en la zona baja de la ciudad, y que se llevará por delante, no solo varias de las casitas de chapa y tablones del barrio donde viven los negros, sino también sus humildes cosechas, las cuatro bestias que puedan poseer y hasta el más inocente y menos ambicioso de todos sus sueños. Cuando llueve poco se puede mojar todo el mundo, pero cuando llueve a raudales solo se mojan los pobres.

Pero de momento solo harinea, una fina lluvia que más que incomodar acaricia.

—¿Por qué lo has vuelto a hacer?

Con el pulso muy acelerado por las prisas que traigo y la frustración por no haber llegado a tiempo, me dirijo a una figura —una sombra gigantesca y deforme entre tanta penumbra— que parece estar esperándome, pues no se sorprende lo más mínimo al oírme a sus espaldas. Fija como tiene su mirada en el cuerpo de la niña, que todavía está caliente y continúa desangrándose a borbotones por el cuello, ni tan siquiera se da la vuelta para responderme.

—Para verte. Hacía ya unos días que no nos encontrábamos.

—La niña no había hecho nada.

—Tampoco había hecho nada el chico del otro día.

—¿Así que fuiste tú? Debí imaginarlo. —Me muestro abatido y, una vez más, desconcertado, antes de volver a preguntarle—. ¿Por qué él? ¿Por qué un niño esta vez?

—Y qué más da que fuera un chico. Para llamar tu atención, supongo. Para darte una pista que por lo visto no llegaste a advertir, tan vigilante como estás con tus mujeres.

Continúa de espaldas pero, aun así, le adivino la mueca de burla y me parece escuchar cómo se ríe en medio de tanta tragedia.

—Además, ¿desde cuándo me ha importado quién sea? —Parece casi ofendido por la obviedad de mis palabras—. Nadie hace lo suficiente para merecer lo que yo les hago. Joder. Ni ellos, ni ellas. Sucede porque quiero que suceda, porque a mí me da la gana. Nada más. En cualquier caso me resulta increíble que a estas alturas, después de tantos siglos jugando a lo mismo, después de tantas muertes y tantos enfrentamientos, me continúes haciendo la misma pregunta. Pareces tonto.

El ser que me habla, que es —siempre ha sido— un mastodonte grande y ancho como una montaña, se da la vuelta y me mira a la cara, desde arriba, sin borrar de su boca esa sonrisa caustica e impostada que sabe que tanto me molesta. En ese momento en el callejón sopla un viento húmedo que, encauzado por aquel estrecho pasillo, ulula de forma tubular y hace revolotear la basura y remover los faldones de la chaqueta de punto de la joven muerta.

—Soy consciente de que juego con ventaja, de que tienes más reglas que cumplir que yo y eso te limita. Allá tú. Ese es tu problema. Pero no creas que es eso lo que hace que la mayoría de las veces se suela decantar la balanza a mi favor. Ni mucho menos. La culpa la tienes tú. Tu equivocada estrategia. Porque lo verdaderamente importante en este conflicto nuestro no es otra cosa que el hecho de que a ti solo parecen importarte ellas. Sí. Es así, no pongas esa cara de extrañeza. No creas que no me he dado cuenta, pues he tenido mucho tiempo para estudiar tus movimientos. Las proteges más a ellas, es un hecho, las cuidas más creyendo que con ello las preservas de mis garras y en realidad lo único que provocas es el efecto contrario. Lo que consigues no solo es marcarlas como objetivos estratégicos, idiota, sino también menospreciarlas. Tienes debilidad por ellas, por algunas más que por otras, es cierto, pero desde luego mucho más por ellas que por ellos y eso, claro está, facilita mucho mi elección. —Me mira de forma severa, como un padre enfurecido miraría a un hijo inútil—. Esta dulce criatura, por ejemplo —continúa sin dejar de mirarme—, sé que te gustaba mucho, que era una de esas criaturas a las que de vez en cuando les coges, digamos, un cariño especial. Una razón más que suficiente para matarla y volver así a fastidiarte.

—Esto tiene que acabar. Algún día tendrá que terminar.

El pecho me palpita acelerado. Tiemblo —quizá de miedo, quizá de rabia— cuando la enorme sombra se acerca, aún con la navaja ensangrentada en su mano derecha, hasta detenerse a un par de palmos escasos de mi cara. Silencioso, con esa agria torcedura esculpida en su boca, y sus espeluznantes y hermosos ojos fijos en la desazón que sabe me apesadumbra. Sin duda se divierte.

—¿Acabar? Sabes que no. Que de hecho eres tú, con esa mezcla de soberbia por ser el mejor y de torpeza a la hora de tratar de conseguirlo, quien no va a dejar que este juego termine nunca, querido amigo. Igual incluso te gusta.

—¿Un juego? ¿Eso es para ti? ¿Cómo puede ser esto un juego entre tú y yo cuando solo pierden ellas?

—No te equivoques, viejo amigo. Ellas y tú. Si pierden ellas también pierdes tú. Para empezar, pierdes el crédito de tu supuesta perfección, ese mito que has dejado que creen esos pobres mortales acerca de que tú todo lo puedes. Gilipolleces. Insisto, no te hagas el tonto, el que más pierdes eres tú.

Se vuelve a girar mirando hacia el cuerpo de la niña, solo un guiñapo, y antes de irse golpea por dos veces con su gélido bastón el piececillo de la pobre Maggie, en un gesto condescendiente y despreciable que me provoca un enorme frío y hace que note la humedad del ambiente en la misma médula de mis huesos.

—¿Te has dado cuenta? A pesar de lo mucho que dices que te gustan, no sé cómo coño lo haces, viejo amigo, pero casi siempre te las arreglas para llegar tarde a proteger a tus mujeres. A veces incluso he llegado a pensar que lo haces adrede. Para mortificarte, o algo así. No sé... Debe de ser tu lado humano. Tu imperfección —concluye pronunciando la palabra con cierto retintín.

—Eso no es cierto —digo indignado, realmente alterado por lo que espero solo sea una provocación, y no una verdad ineludible o una marca indeleble tatuada en mi ineficaz modo de proceder.

La mole se acerca aún más a mí. Quedamos prácticamente pegados el uno al otro. Mi cabeza apenas le llega a la altura de su pecho, por lo que para poder seguir mirándole a los ojos tengo que alzarla como si buscase las estrellas. Pero envalentono el gesto, aprieto los puños y los dientes y le aguanto la mirada. No quiero que piense que evito su pose amenazante. Que no me note con miedo.

—Lo que tú digas. Pero entonces solo caben dos opciones. —Se encuentra tan pegado a mí que, al hablar, incluso noto su esputo en mi rostro—. O son demasiadas las ovejas que tienes que cuidar —hace una pausa, sonríe burlón— o es que este encargo que asumiste de tu padre te viene muy, pero que muy grande.

Y luego me rebasa, me da un golpecito displicente en el brazo con la punta del bastón, tal y como hizo hace un minuto con el piececillo de la niña, y continúa caminando hasta perderse en las sombras más tupidas de aquella calleja, donde las pávidas luces de las dos únicas raquíticas farolas que lo alumbran, apenas alcanzan a iluminar mi derrota.

En unos minutos volverá a llover. Un viento gélido alborota la hojarasca y toda la miseria esparcida por el suelo. Desde la más lóbrega de las negruras en las que ha caído sumido el callejón, aún alcanzo a escuchar su sarcástica risa una última vez.

24

La última cena

El terrible episodio del joven Emmett me vuelve a la mente ahora, después de tanto tiempo, mientras estoy observando a Eva no probar bocado. El de la dulce Maggie, sin embargo, lo revivo casi al final de la velada, después de que a mi pasajera se le ocurre mencionar entre sonrisas a Batman. Supongo que lo he recordado, fruto de una asociación de ideas entre la oscuridad de Gotham y la de aquel angosto callejón en donde me encontré a la pobrecita.

Cuando a la salida de La Manzana me ha dicho que me invitaba a cenar, su rostro suplicante era el paradigma de la soledad. Y del cansancio. La pobre está agotada y se siente sola, se le nota, aunque trate de disimular ambos estados con una ligera sonrisa y la falta de queja. De vez en cuando levanta la cabeza de la ensalada que ha pedido, y que apenas ha tocado, y o bien mira nerviosa la puerta esperando no ver entrar a nadie sospechoso, o bien deja vagar la mirada exhausta por entre las mesas de este curioso restaurante de la calle Príncep de Viana, al que la he traído para que se abstraiga y se relaje un poco. Es en todo caso una mirada apagada, apesadumbrada no solo por el miedo de lo que les pueda acabar pasando a Raquel, a Adán o a ella misma, sino también por el imborrable recuerdo de lo que sabe que ya le ha pasado a Lorena. Fue precisamente entonces, tras la muerte de la pobre Lorena, cuando tomé plena conciencia de que Eva estaba en verdadero peligro.

Trataré de dibujar la escena: dos desconocidos, de edades muy diferentes, comparten mesa en un restaurante. En absoluto silencio. Siquiera cruzan las miradas. Una pareja extraña a ojos de cualquiera. Quizá para alguien podríamos ser un padre y su hija saliendo a cenar un anodino sábado de verano, pero nunca un taxista y su pasajera inmersos en un viaje que, al menos para uno de los dos, puede acabar de la peor manera.

El local al que la he traído es un sitio curioso, anacrónico, impreciso, con dos plantas enlazadas por una estrecha escalera de caracol. Dan de comer, pero es algo más que un restaurante. Es más un siniestro y divertido cabaret en el que las noches del fin de semana, en un salón irregular con una capacidad de poco más de treinta personas y un pequeño escenario en forma de concha que hay en el piso superior, se entretiene a los turistas con actuaciones histriónicas de personajes peculiares —un travesti que canta boleros, un cantaor mudo que solo toca las castañuelas, un prestidigitador al que se le caen con demasiada frecuencia las cartas—, mientras se les atiborra con fuentes de platos típicos y jarras de sangría a granel. Desde el rincón que ocupa nuestra mesa, en la planta inferior, se oye el rumor constante y difuso, mezcla de aplausos, coplas y olés, que baja del salón superior. Vemos subir a un grupo de extranjeros con caras emocionadas y expectantes, que en un par de horas descenderán algo defraudados por el espectáculo por el que han pagado, pero tambaleantes por lo mucho que han bebido.

Eva, que en todo el tiempo que llevamos sentados no se ha descolgado la mochila en la que guarda —lo recuerdo, porque es importante— un pequeño estuche que contiene algo que no es suyo, unos setenta mil euros en billetes de 500, de 100 y de 50 euros y un revolver del 38, apenas ha dicho una palabra en más de una hora. Hemos hecho la comanda y luego, a lo sumo, recuerdo haberle oído pronunciar un par de vaguedades, un falso «qué hambre tengo», y un certero «qué calor hace». Nada más.

—Bueno. ¿Quiere hablar de algo o contarme algo? —le pregunto sabiendo cuál va a ser su huidiza respuesta.

—¿No tienes familia, J?

—¿Por qué lo pregunta?

—Bueno. No sé. Estás aquí cenando conmigo y no sé si hay alguien, mujer o hijos, esperándote en casa. Igual tendrías que llamar para decirles que te has entretenido.

—No se preocupe. Al fin y al cabo estoy trabajando.

—¿Tantas horas? ¿Haces dos turnos seguidos?

—Me gusta mi trabajo. No tengo horario.

—Ergo, lo que yo pensaba. No tienes familia.

Yo le sonrío y vuelvo al filete con patatas de mi plato.

Volvemos a callarnos un par de minutos más. La miro de vez en cuando tratando de que coincidan nuestras miradas y regalarle entonces una sonrisa de satisfacción por la compañía, pero ella casi que no levanta la cabeza de un plato del que apenas come.

—La comida está rica —digo por tratar de romper el aislamiento.

—No sé cómo puedes comer carne —exclama Eva con cierto desprecio y cara de asco.

—Yo tampoco lo sé. Pero seguro que no soy el primero que hace algo sin saber por qué lo hace. ¿Verdad?

Eva deja de masticar la insignificante hoja de lechuga que se acaba de meter en la boca y me mira dejando en el aire la sensación de que ha captado la indirecta.

—Es cierto. A veces no pensamos demasiado bien las cosas que hacemos y luego tenemos que arrastrar las consecuencias —responde pensativa, aunque con cierta altivez, y no tanto cabizbaja.

—¿Usted se arrepiente de algo que haya hecho?

—Vuelves a ser un poco impertinente, J, y a preguntar por cosas que no sé yo si te importan demasiado.

—Es usted la que ha querido que le acompañe, la que se ha empeñado en invitarme a cenar.

—Te he dicho que voy a pagarte todo el tiempo que te estoy haciendo perder. No te preocupes por el precio de la carrera.

—No estoy hablando de eso y lo sabe. Además, no es justo que usted pueda preguntar y yo no.

—Justicia. Arrepentimiento. Esta conversación se está poniendo muy solemne, casi bíblica, diría yo.

—Es verdad. —Mastico y luego pego un trago—. Así que, para intentar evitarlo, ¿qué te parece si empiezo a tutearte, Eva?

Eva vuelve a mirarme un tanto desconcertada por mi descaro, pero no me va a impedir que me tome esa licencia. Se le nota que mi compañía no le molesta y que no le caigo mal del todo, aunque se esfuerza en lo contrario. Luego volvemos a estar un rato sin hablarnos, mientras continúan subiendo y bajando extranjeros felices y algo confundidos. Un tiempo impreciso en silencio, durante el que ella se ha perdido en un batiburrillo mental impreciso, evocando de forma solapada estos tres recuerdos: la sonrisa entregada de Lorena, los moratones de su madre y los hoyuelos de Adán; y luego ha hecho autocrítica y se ha puesto en silencio a lamentar errores. Un ejercicio necesario y silencioso que cesa por los repentinos aplausos que llegan del piso de arriba y que anuncian el final de alguna de las actuaciones. Ella se pide entonces un café, yo hago lo mismo, y luego, con voz alicaída, marchita y entrecortada, me pregunta si conozco algún hotel discreto y de confianza donde poder pasar esta noche.

La miro. Ella mira la taza de café. Muestra una fragilidad que no le he conocido hasta ahora. Siempre tan segura de sí misma, tan altiva, y ahora de repente la noto débil y atemorizada como la niña aquella que tuvo que ver morir a su hermano y la que nunca consoló a su madre tras los golpes y los desprecios. Me apiado. Claro. Sus palabras no casan ni con su necesidad ni tampoco con su verdadera intención, pues lo que la pobre en realidad me está pidiendo, casi suplicando, es que esta noche no la deje sola.

—Si no tienes dónde dormir, puedes venir a mi casa. Hay sitio de sobra —le digo, subrayando la inocencia y la naturalidad de mi propuesta con un tono cálido y una mirada sincera.

Con la sorpresa de esta invitación inesperada, y quizá un tanto desproporcionada, a Eva se le agrandan e iluminan sus ojos verdes. Y aunque debido a su orgullo medita durante un instante mi ofrecimiento, ni va a simular sentirse ofendida o alarmada, ni tampoco va a rechazar mi proposición por educación, prudencia o decoro. A la fuerza ahorcan.

—No quisiera molestar. Ya te he alterado bastante a lo largo de hoy.

—No es molestia. En mi casa hay camas de sobra.

—¿Ves como vives solo? —zanjando la conversación con una sonrisa a la que yo contesto de igual modo.

El nuevo silencio que nos embarga ya es, sin embargo, menos incómodo. Ahora ella se siente tan aliviada como yo satisfecho. Mientras se bebe con lentitud el café, como si no quisiera que la velada terminase, percibo que le asoma una leve y tierna sonrisa. Por un segundo estoy a punto de cogerle la mano, de rozársela con las yemas de mis dedos. Pero no lo hago. No me atrevo.

—Si pudieras pedir un deseo, ¿cuál elegirías? —se me ocurre decir para desatrancar el momento.

Atenta a la geometría que forma la cuchara al dar vueltas en el interior de una taza casi vacía, se piensa la respuesta.

—A lo largo de mi vida solo he tenido un verdadero deseo —calla de forma teatral, en lo que sé que no es más que una pausa dramática.

—¿Dinero? —le pregunto impertinente.

—Ser invisible —responde ella nostálgica.

—Lograr la invisibilidad solo es cuestión de paciencia —le digo jugando a ser más grave de lo necesario.

—No eres nada original, J. —Sonríe Eva—. Esa frase es de uno de los Batman de Nolan.

Y los dos nos ponemos a reír, aunque a mí la distensión me dura solo lo que tarda en abrumarme el recuerdo de aquel espeluznante error que cometí con la pequeña Maggie.

25

El pecado

En el interior de la Suite Polanski había en ese momento tres personas. Un lampiño efebo de origen francés, una lúcida adolescente nacida en Turín y un tipo de cuarenta y nueve años de Castelldefels, vestido con pantis, sujetador y braguitas de encaje.

Eran las tres de la mañana del sábado 13 de julio de 2013. El complejo de La Manzana estaba a pleno funcionamiento, con un parquin absorbiendo a duras penas una cola incesante de coches en busca de aparcamiento. Las dos salas de fiesta del interior, como también la zona de las piscinas, se encontraban a rebosar de gente. Las barras vibraban. La música explosiva, para un público de edades dispar, aunque con predominación de un perfil de más, digamos, de treinta y cinco años y sin problemas de dinero. Repleta estaba también la zona Vip, un espacio lujoso, servido por impactantes bellezas de cuerpos cincelados, con una terraza exterior con un enorme estanque, vestido con nenúfares, a cuyo alrededor se contorsionaban bailarines procaces, alzados sobre diversos pedestales bajo la luz de la luna. Tanto el Español como el Barça, que aún no habían comenzado la pretemporada, estaban representados con varios jugadores de ambas plantillas. También había políticos, periodistas, personajes de la cultura y mucho turista acaudalado. Rusos, por ejemplo. Y árabes.

Desde esa zona exclusiva, a la que se accedía por una puerta lateral del complejo, es desde la que salía la entrada al sótano en el que estaban ubicadas las diez habitaciones que se conocían como suites; búnkeres grandes e insonorizados, de gruesas paredes de hormigón blanco y con todas las comodidades imaginables. El alquiler básico por noche para cada una de aquellas diez celdas era de 25.000 euros. Tanto las drogas como el alcohol, la comida y los utensilios o herramientas que pudiesen utilizar los clientes, a los que incluso se les recogía y devolvía en un punto concreto de la ciudad o el aeropuerto en coches oscuros, grandes y agresivos, con las lunas tintadas, para garantizar su total intimidad, corrían a cuenta de la casa, previa petición del interesado. La empresa de Tarasca se encargaba de todo.

La chica y el chico, de rasgos curiosamente similares, eran gente de Beautiful 3. El cliente cuarentón, lo era de la antigua Convergencia. El juego de esa noche, que había comenzado como una hora antes, era de lo más simple: en una habitación deliciosamente decorada como un cuarto de juegos infantiles, con un pupitre, un pizarrín y varios peluches y algunos cubiletes de un sencillo rompecabezas esparcidos por el suelo, el cliente, que hace de madre de dos hermanos gemelos, niño y niña, acaba de sorprenderles mientras experimentan tocándose el uno al otro. «Qué asco. Dos hermanos. Y tan pequeños. ¿No os da vergüenza? Seguro que este comportamiento lo habéis heredado del guarro de vuestro padre». «Perdona mamá», al unísono y en un mal español, «hemos sido muy malos». Y entonces, esta madre con perilla que aparenta estar muy enfadada con la actitud de sus vástagos, les reprende, les insulta, les escupe, les abofetea varias veces, les fustiga hasta dejar marcas en las piernas y las nalgas y les impone, como castigo común, ser sodomizados con un variado número de objetos de lo más dispares.

Un vodevil en toda regla.

El cadáver fue descubierto por uno de los miembros de seguridad, un kosovar cicatrizado, a las seis y doce de la mañana, aunque el *conseller* —del que incluso se hablaba, por su talante conciliador y moderado, que podía acabar siendo presidenciable— llevaba ya un buen rato muerto. Los dos acompañantes, llenitos de cardenales y otras magulladuras consecuencia de la particular *performance* que el cliente había encargado, huyeron en cuanto los gemidos del cliente se tornaron de golpe estertores y la chica, con mucho aplomo a pesar de sus dieciséis años recién cumplidos, le cogió el pulso y comprobó que ya no respiraba. Luego los dos adolescentes se miraron asustados, ella le limpió a él un hilito de sangre que le caía desde el labio, culpa del último guantazo de su *madre*, y salieron de la suite sin despedirse, sin conocer siquiera el nombre del otro, sabiendo que muy probablemente no volverán a verse, salvo que alguien les cite para el juicio. Lo que nunca llegó a ocurrir.

Ese tipo de incidente nunca le llegaba a Tarasca directamente. Entre el suceso y su persona siempre había muchos filtros que pasar, pues, al margen de que muy pocos de sus empleados le conocían, él tampoco figuraba en el organigrama de ninguna de las empresas del Grupo. Lucino Tarasca era solo una entidad, un rumor, una marca. Un tipo al que se le suponían altos contactos, todas las posibilidades y muchos e inciertos poderes, pero al que muy poca gente del ambiente conocía. Algunos, políticos o importantes empresarios, aseguraban codearse con él y tener relación, bien de amistad, bien comercial, pero no eran más que bravuconadas de tipos que envidiaban tanto su supuesto poder, como temían su presencia. Así que aquella madrugada de domingo, antes de denunciar el hecho y de que se presentasen en el lugar el juez de Instrucción, el forense y los mossos, el gerente de La Manzana llamó al director de la empresa quien, a su vez, llamó a otro individuo que ostentaba algún tipo de cargo por encima del suyo. Este último acabó llamando al único de los abogados de la empresa al que encontró a esas intempestivas horas, casualmente, uno de aquellos tres letrados jóvenes y tan dispuestos que acompañaban a Tarasca el día de la primera reunión con las chicas en el Habitat Sky, a quien, tomándose al pie de la letra el texto de lo firmado, del que se infería que ahora el señor Tarasca y Beautiful 3 eran socios con respecto a determinadas actividades y locales, no se le ocurrió otra cosa que telefonear a Eva para comunicarle el infortunio. Así que Eva fue la primera persona del grupo empresarial, con la supuesta capacidad de mando, en llegar a La Manzana para tomar las riendas de la gestión del desafortunado incidente. Una estúpida decisión, esta que tomó el imberbe letrado, de la que Eva intuyó al instante que podía acabar sacando partido.

A las 6.51 de aquel día que justo comenzaba, Eva se sentaba en el despacho de Tarasca frente a las enormes pantallas de plasma incrustadas en la pared. Mientras el amanecer se acentuaba y los clientes de La Manzana comenzaban a desalojarla, ajenos a lo que bajo sus pies, en las catacumbas de aquel edificio, había sucedido, Eva le dio al mando a distancia y comenzó a repasar en soledad las jugosas grabaciones que esa noche habían captado las cámaras ocultas instaladas en todas las suites del sótano. Encontró sadismo, falsa ternura, soledades y hasta un poco de poesía. Quizá fuera la suavidad del lino egipcio o la comodidad del *Louis Vutton* en el que estaba sentada. Quizá fuera el tener al alcance de la mano aquellas exclusivas piezas de painita que con tanto entusiasmo relucían al reflectar las luces del alba. O simplemente sucedió al levantar la mirada y descubrir la delicadeza con la que la observaba la mujer desnuda del Modigliani; tan sonriente, despreocupada y atractiva. Fuera cual fuese la razón, lo cierto es que bajo aquella luz incipiente de la mañana, tan armónica y evocadora como las que cualquiera vincularía con el mejor pasaje de su infancia, Eva tuvo claro que aquellas impúdicas imágenes del político muerto grabadas en la Suite Polanski podrían suponerle bien un aval, bien un cuantioso cheque en blanco, pagadero, llegado el caso, tanto por el gobierno central, como por el gobierno catalán —sumidos ambos como ya estaban en plena guerra por el *procés*—, o incluso, aunque no fuera la más deseable de las tres opciones, por el propio Tarasca cuando pretendiera recuperarlas.

26

De madrugada

Se ha despertado a las 5.23 después de dormir más bien poco. Anoche trasnocharon. Después de las confesiones se miraron, se hicieron compañía, compartieron unos refrescos y, ya algo más tranquilos, se descalzaron, rieron sin motivo y jugaron infantiles a las coincidencias hasta que creyeron conocerse.

—Me gusta la espumita del café.

—A mí también.

—Y el olor de los libros, y poner los pies en remojo, y los mangos, los atardeceres y la cerveza con Fanta de limón.

Y Adán se rio, asintiendo coincidencia tras coincidencia.

—¿Y la sombra de un buen árbol? ¿Y callejear por Viena? ¿Y viajar en coche sin hablar durante un buen rato?

—Esto último, solo si el coche no es amarillo —dijo ella.

Y volvieron a reírse abrazados a los cojines del sofá. A pesar del calor de la noche.

Acabaron escuchando música hasta tarde, sin apenas decirse más de lo mucho que ya se habían contado. Al final, al borde ya de los bostezos y por pura vanidad, a él se le escapó recitarle unos cuantos versos de aquel poema que en su día le dedicó a Lidia y que ambos colgaron de la pared del hogar que fue su paraíso. «Lo escribí la semana pasada», le mintió él. «Es un poema precioso», le dijo ella. Y marcharon a acostarse.

Aun con todo, ha dormido el tiempo suficiente para soñar que hacía el amor con alguien que se parecía a una tal Eva. La mujer, que no era rubia como Lidia, pero que quizá tenía sus mismos ojos verdes, no podría precisarlo, llevó en todo momento la iniciativa. Echados de lado en la penumbra de una cama blanca y amplia, uno frente al otro, ella le miraba atravesándole, como pretendiendo hacerle daño. Luego le mordía el labio inferior hasta provocar que sangrara, le estiraba de su pelo alborotado obligando a que le devolviera la mirada y le cogía la mano para llevársela a su propio sexo, exigiéndole que se lo acariciase con rudeza. Luego, ya húmeda, se le montaba encima, abriéndole las piernas como si fuese ella quien fuera a penetrarle a él, mientras continuaba persiguiendo sus ojos esquivos con una mirada de lujuria agresiva y desafiante. En el sueño, Adán se avergonzaba un poco pero se dejaba hacer. «¿Te gusta? Dime que te folle». Y él contestaba, «Sí. Fóllame», con la voz pequeña, algo incómodo y acobardado por el cambio de papeles. Y la mujer del sueño, que a veces tenía el cabello moreno y corto y otras veces rubio y largo, comenzaba a mover la pelvis hacia adelante y hacia atrás en un bombeo sin émbolo, anudándose a su cintura las piernas de Adán, ya del todo vencido y entregado.

Sudoroso, entra a la cocina a beber un poco de agua y luego, aún con el vaso en la mano, se acerca a la ventana del salón, eleva la vista al cielo y trata de enfriar sus ansias jugando a unir la línea de puntos imaginaria que forman las estrellas distantes. Todavía sigue excitado, así que, sin demasiado orgullo y con la conciencia algo turbia por sentir placer en un momento tan delicado, se toca por encima del bóxer y se acomoda su sexo. La noche es templada y limpia. Ni rastro de aquellas tenebrosas nubes de ayer. La calle en silencio, sumida en la anaranjada serenidad del vaporoso alumbrado público. La ciudad es como si no existiera, pues no se oye ni el más leve ruido extraño o amenazador. Tampoco en su cabeza. El miedo, por tanto, también como si ya no existiera. De pie frente a la ventana, apartando la cortina con una mano y sujetando el vaso con la otra, Adán quiere pensar en Lidia, o en Eva, en dónde y en cómo estarán la una y la otra, sin poder evitar con ello un ligerísimo escalofrío que su mente logra mitigar escorando al instante sus pensamientos hacia Raquel, que espera que esté durmiendo plácidamente al saberse protegida por su compañía. Se da la vuelta, recorre la distancia hasta la puerta del salón y mira la escasa profundidad del pasillo de ese apartamento, que en realidad es un prostíbulo. A escasos dos metros de su posición, tras la segunda puerta de la derecha, duerme ella. Piensa que podría acercarse a su dormitorio, abrir con sigilo y verla acostada. Sigue algo excitado. Seguro que por culpa del calor no está tapada. Quizá duerma en bragas, incluso sin camiseta, pues como quedarse a dormir en el apartamento no era algo que tuviera previsto, no habrá preparado muda alguna. Pensando en ello su erección alcanza el mismo nivel que cuando estaba en pleno sueño. Y mezclando en el crisol de sus pensamientos su excitación con la simpatía de Raquel, como es mucho de confundir cosas muy básicas, de repente tiene la sensación, casi diría que incluso la certeza, de que ninguna otra mujer le gusta más que Raquel. En medio de aquel pasillo teñido por la oscura madrugada no ve a nadie más aunque lo intenta. Solo a ella. Intenta pensar en Eva —ya ni siquiera la llama Lidia cuando piensa— y en el mejor de los casos el que le aparece es el rostro de Raquel con el cuerpo de aquella. En un alarde nostálgico llega incluso a pensar en qué hubiera pasado de haberla conocido a ella —y no a la otra— aquella tarde en un espigón de Benicàssim mientras leía *El paciente inglés*. Y suspira inquieto. Y sonríe confundido al sentirse de repente tan atraído por una mujer a la que acaba de conocer hace tan solo unas pocas horas. Porque uno de los problemas de Adán es que quiere mucho, quiere demasiado pronto y quiere a todas las personas que intuye que le quieren a él, o que al menos le hacen el suficiente caso para acantonar su insignificancia. Le pasó con aquel hombre mayor cuando era un adolescente. Le pasó con Luisa y luego con Eva, y ahora le está pasando con Raquel. Las sustituye involuntariamente, unas por otras, las canjea de forma natural, sin transición dolorosa alguna, cuando en realidad quien tendría que cambiar es él mismo. Es decir, más que querer, Adán es una persona que necesita.

Vuelve a acercarse a la ventana y baja la persiana con cuidado de no hacer ruido. Y se echa de nuevo en el sofá. Se relaja. Se destensa. Y trata de poner su mente en blanco para que se le calmen los últimos rescoldos de la fogosidad. Duerme en el sofá porque, aunque Raquel le ofreció una de las habitaciones de las chicas para pasar la noche, «no te preocupes, tonto, que las sábanas están limpias», él respondió a la broma con risas, pero aseguró que con el sofá se apañaría. Por un lado, no quería molestar, y por otro no quería sentirse demasiado cómodo y a gusto, al estar como estaba preocupado por la suerte de su pareja. Raquel no insistió mucho y tras un inocente beso que se dieron de buenas noches, prometieron despertarse pronto para no llegar tarde a encontrarse con Eva, cuando esta termine lo que tenía que hacer al filo del mediodía. Así que ha de intentar volver a dormir un poco. Apura el vaso de agua, lo deja en la mesita junto con el móvil y las llaves del coche, y se acomoda esperando echar la última cabezada para que al despertar, con las limpias luces del nuevo día, su vida vuelva a ser como siempre imaginó que sería; junto a una mujer que lo quisiera mucho, con un hermoso bungaló de dos plantas, con al menos un viaje al año a un destino exótico y con un perro peludo y grande. Justo en el momento de caer dormido. Adán está convencido de que solo le falta el perro.

Su pesadilla recurrente, esa que la tiene acostumbrada al mal descanso y a cierto desasosiego crónico, es soñar con su hermano postrado en la cama del hospital pidiéndole en un susurro desvaído que le lea algún pasaje de *La isla del tesoro*. Pero esta noche no será esa la que la turbe. Esta noche no voy a poder evitar que Eva sueñe con la muerte de alguien que se parece a Sutton, lo que va a hacer que en unas horas se despierte angustiada.

En ese sueño se verá junto a otras tres personas, una de ellas, concretamente ese tipo que se parecerá al que todos llaman el Inglés, colgará del hueco del ascensor de La Manzana. Eva verá cómo se le agolpa la sangre en la cabeza, azulándole los labios e hinchándole la lengua, y también verá cómo un reguero de orín comienza a gotearle del dobladillo de los pantalones, mientras su cuerpo seco y alargado pende como un viejo odre de vino añejo y se balancea como el badajo de una campana de iglesia.

En ese sueño que Eva va a tener dentro de un rato, el ahorcado, el sujeto que quizá sea Sutton, el Inglés, justo antes de morir se dará cuenta de que nada de lo que en vida pudo esperar con respecto a su final va a cumplirse. Si pensó en revisar las imágenes de su vida, estas no van a pasar por su mente como si se tratara de una vieja película. Ni va a volver a sentir la postrera caricia de una amante sueca, ni va a volver a escuchar la risa infantil de un hijo sano. Tampoco va a tener la impresión de adentrarse en un túnel con su esperanzadora luz al fondo. No. Nada de eso. En el sueño de Eva, Sutton —sí, quizá sea él, porque Eva lo teme y lo odia tanto que seguro querrá que sea él— solo siente dolor. Un agudo y terrorífico dolor. Sus músculos agarrotados, su esfínter relajado y su pecho sufriendo terribles punzadas, en el infructuoso intento de proporcionar oxígeno a esas células moribundas. Un padecimiento agónico que en el sueño escandaliza a la propia Eva, que aparece empuñando una pequeña Smith & Wesson, pero que, sin embargo, causa una total indiferencia en Tarasca, que aparece observando impasible, no la imagen del ahorcado, sino a una cuarta persona, así mismo presente en la escena, a la que sin embargo Eva no puede ver porque queda fuera de encuadre en el sueño.

Y mientras eso ocurre, mientras ella comienza a soñar o, quizá, a aventurar lo que mañana pueda pasar en la cita a la que ha decidido acudir, yo deambulo inquieto por esta casa austera en la que vivo, de pocos muebles y menos decoración, de paredes blancas y lisas, sin cuadros, fotografías ni otros rasgos de vida, sin apliques ni plafones que sirvan de balizas. Mi casa ha de ser así, casta y desnuda, humilde y sin distracciones. Pequeña, justa, bastante. Ni tan siquiera necesita ser acogedora, pues para que alguien se sienta bien entre estas cuatro paredes, con mi amor debería ser suficiente.

Si ya de normal suelo dormir poco, porque siempre estoy vigilante y en tensión y no puedo evitar pasar las noches en vela, atento a los lamentos del mundo, hoy además estoy preocupado por Eva, desesperado por intentar que él no acabe atrapándola y haciéndole lo que antes les ha hecho ya a otras. Porque todas las noches me acechan los rostros impávidos de las mujeres que ya perdí. Es mi penitencia. Veo sus cuerpos vejados y mutilados lanzados en una zanja, abandonados en un solar o introducidos en posición fetal en el maletero de un coche. Recuerdo sus nombres, el de todas ellas, y sus últimas sonrisas. Recuerdo haberlas visto nacer, cómo crecieron. Recuerdo cada uno de los instantes de sus vidas, los sueños que no cumplieron, los miedos que consiguieron superar y sus esperanzas perdidas. Todas las noches, justo en el momento en el que después de todo el día conduciendo vidas me dispongo a dormir, me desvelan suplicantes los ojos sin luz de todas ellas y me gritan pidiéndome auxilio sus gargantas degolladas.

Creo que no consigo conciliar el sueño obsesionado como estoy con evitar que la bestia triunfe la próxima vez que vuelva a intentarlo. O eso, o quizá, sencillamente, lo que me impide dormir es mi mala conciencia.

Lo cierto es que si alguna vez logro relajarme lo suficiente como para al amanecer tener la sensación de haber descansado, lo que ya digo que ocurre en muy pocas ocasiones, me suele dar por leer. Leer me sienta bien. Me ayuda a dejar de pensar y evita, por un tiempo, que sea mi propia condición creativa la que escriba esas inevitables historias de buenos y malos en las que, por lo general, siempre acaban sufriendo ellas. Leo para no enfrentarme a mis obligaciones. Leo para combatir mis miedos. Leo para olvidar mi incapacidad de corregir mis erróneas decisiones. Leo incluso para evadirme durante un tiempo de mí mismo. De mi divinidad.

Hoy, por ejemplo, ha sido Nietzsche, pero ayer pudo ser Proust. Lacan y su determinismo, unas noches, o Kent defendiendo lo contrario, otras.

Además de inquieto y preocupado, también estoy algo triste. Así que cierro el libro, por mi falta de concentración y como cada noche me pongo a repasar de nuevo, una a una, todas esas veces en las que perdí. Mi penitencia, ya digo. Todas esas ocasiones en las que ni mi naturaleza ni mi esfuerzo fueron suficientes para que ellas no acabaran sucumbiendo ante el peso de la maldad. De su maldad. Como digo, es algo tan recurrente como involuntario repasar cada noche mi lista de derrotas. Porque ya empiezan a ser muchas, demasiadas, las partidas en las que creía que tenía la mejor mano y al final he salido derrotado. Jugué mal. Fui torpe o no soy lo suficientemente bueno en el juego. No sé. Pero es tanta la desazón que el reconocimiento de esta sonrojante verdad me provoca, que para poder subsistir y no darme por vencido, he de intentar convencerme de que solo se trata de una mera cuestión de porcentajes. De éxitos y errores.

Y gracias a esa añagaza logro de nuevo tranquilizarme.

Y respiro profundo.

Y aprovecho que la noche es serena, y reparo en esta suave brisa matinal que de forma tímida mece las ramas de los tilos de las calles y las plazas y refresca, siquiera ligeramente, el entorno. Cuando a este mundo que he creado le da por apaciguarse en la mansa oscuridad de su propio silencio, incluso me gusta un poco.

Algo más tranquilo, cojo a mi gata, la acaricio con ternura de hombre solo, y con ella en brazos me asomo con sigilo a la habitación que le he cedido a Eva para que descanse. Una cama pequeña y limpia, sin crucifijo en lo alto, una decoración de nuevo sobria, casi asceta. Me quedo en el quicio de la puerta, entornada, y observo su cuerpo sin ninguna maldad. Sin demasiada maldad. Eva duerme tranquila a pesar de la pesadilla que está a punto de tener. Las sábanas arrugadas a sus pies, formando suaves olas, y la persiana apenas un palmo abierta. A través de la ventana se cuelan ya las primeras luces del alba, que siempre son pretexto de poetas, bañando furtivas con su aurora la piel de sus brazos, de sus piernas y de sus mejillas, reflejando con la potencia de mil lúmenes toda su sonrosada belleza. Casi desnuda. Pequeña y frágil a mis ojos. Es un momento hermoso y admirable, en el que me recreo orgulloso como un padre. Ese padre que ella no hubiera querido tener. Ese padre al que odia. Ese padre del que desconfía, como en realidad desconfía de todos aquellos hombres que, bien por arrogantes, bien por posesivos o condescendientes, bien por paternalistas, incapaces o violentos, a lo largo de su vida han pretendido, de una u otra manera, ser para ella un padre.

Salvo de su hermano en su día y ahora de Adán, que más que un padre lo que ha querido ser a lo largo de estos últimos años de vida en común, es su hijo, Eva desconfía de todos los hombres. Incluso de mí. Pues, a pesar de todo, a pesar de quien soy y por tanto de mi incapacidad natural de hacerle el menor de los daños, a pesar de llevar toda la vida a su lado con el único objetivo de protegerla de las garras del diablo, para ella no soy más que otro más. Solo un hombre.

27

El Día del Señor

Es domingo. 11 a. m.

Mi cocina es pequeña, propia de esta casa humilde y sin brillo.

La única distracción, el único detalle decorativo impropio que tiene mi casa, está sin embargo en la pared de esta cocina. Entre el frigorífico y la ventana hay colgado un enorme mapamundi político, sobado por mis manos y el tiempo y lleno de anotaciones de nombres, fechas y chinchetas de colores, que yo utilizo como guía de mis pendencias y prontuario visual de mis derrotas. He visto cómo Eva lo miraba extrañada cuando se ha sentado a la mesa, pero no me ha preguntado por él, por su significado o por lo incomprensible de su ubicación. He esperado precavido a que lo hiciera, le he invitado silencioso a que lo hiciese. Y a punto ha estado.

A pesar de la fatiga patente en su rostro tras haber dormido poco y mal después del ajetreado día de ayer, Eva parece sentirse en cualquier caso a gusto. Se toma el café que le he preparado pero no toca la tostada con aceite que le he dejado en un plato. Mi gata, echada sobre sus pies, parece que la conociera de toda la vida. Eva observa en silencio la mañana a través de la ventana. Alguna paloma azulona y otras de plumón ahumado, buscan desesperadamente la sombra entre zureos descompasados. Unos críos juegan a la pelota contra uno de los muros de la cercana iglesia del barrio. Entre el murmullo de las palomas y el mantra sincopado del golpeo de la pelota, por un momento

Eva evoca alguna de las escasas escenas familiares agradables que tiene memorizadas. En ellas no aparece nunca su padre. Solo ella con su madre y su hermano, el pobre, que ya no está. Quizá en una merienda en el campo. Quizá en una jornada de playa. Hay risas y juegos. Hay inocencia en la hierba o sobre la toalla. Y no es domingo.

Porque hasta que no llevaba viviendo un par de meses con Adán, a Eva no comenzaron a gustarle un poco los domingos, que siempre le habían parecido días hueros, ásperos y sin patria. Hasta entonces, los domingos le resultaban un inquietante cruce de caminos entre la calma y el desasosiego, entre la misa de doce, el mantel familiar, los malos modos y la soledad precalentada. Eran días en que todo le sonaba lejano, tanto los llorosos y mustios quejidos de su madre, como la invisibilidad ofensiva y pegajosa que le dispensaba su padre cuando llegaba resacoso después de haber dormido fuera la noche anterior. Días de castigos infantiles y ausencias de cariño que, sin duda, acabaron sembrando su perfil de una quietud estanca y paciente, como de eterna sobremesa o tarde de invierno, y su carácter con cierto deje inconformista e insolente.

Pero llegó Adán y siquiera por ese zascandileo constante suyo, como de perrillo con cascabel, los domingos comenzaron a saturar sus colores y, de alguna forma, se convirtieron en rincones hawaianos de soles amables, sombrillas de paja y cielos de una belleza imposible, en una especie de solaz con «todo incluido», donde de repente resultaba tan fácil amar, como engordar de felicidad, o como, sin ningún otro pretexto festivo, acabar a media tarde medio borracha bebiendo mojitos. Días de paseos en bici, de arroz para dos y de tardes de sofá, peli y manta compartida. De repente, los domingos ya no eran largos, sino perezosos, y no eran adustos, sino sonrientes.

—¿Seguro que quieres acompañarme, J? Mira que no tienes por qué. Puedo apañarme sola perfectamente.

Todo lo dice sin mirar, como si le estuviese hablando al cristal de la ventana. O al éter.

—Sé que puedes. No lo dudo. Pero, si no te importa, insisto en ir contigo. Te esperaré y cuando termines de hacer lo que narices vayas a hacer allí, te recogeré y hoy seré yo quien te invite a comer. ¿Te parece?

—Igual la cosa se pone difícil. No quiero mentirte.

—Ya verás como con la ayuda de Dios, todo se soluciona.

—¿Crees en Dios? —me pregunta Eva con tono sorprendido, aunque sin dejar de mirar por la ventana.

—¿Acaso tú no? —respondo yo, obligándole a que sea ella quien se manifieste primero.

Eva por fin me mira y sonríe de forma amarga.

—¿Por qué iba a creer en él? —Hay dolor en sus pausas—. No. No creo en Dios, aunque tampoco me extrañaría que existiese, esa es la verdad. Al fin y al cabo su tarea parece de lo más sencilla. Sentarse tranquilito en su cómodo sillón de piel humana a ver cómo nos destrozamos los unos a los otros, no parece algo demasiado complicado. ¿No crees? Sádico sí, pero complicado no parece. —Le da un sorbo al café y vuelta a mirar por la ventana—. Aunque de hecho, ahora que me has hecho pensar en ello, casi estoy por decirte que sí que existe, J. Estoy totalmente convencida, coño. Es más, por las cosas que permite que pasen, me juego mis ovarios a que seguro que es un hombre.

Tras la contundencia de sus palabras volvemos a quedar sumidos en un amargo silencio, cada uno asido a su taza de café como un náufrago a su tabla.

Desde el exterior nos alcanza el ligero murmullo de la vida callejera. Se oyen *buenosdías* entre los vecinos, el ruido de algún motor y las bromas y alegrías de los niños que juegan en la calle. Suena una pelota golpeando insistente la pared de la iglesia cercana. ¡Bam bam!

—¿Y en el diablo?

Capto de nuevo su atención.

—En ese sí, J. En el diablo sí que creo. —Le da un último y poderoso sorbo al café—. Y te puedo asegurar que este cabrón también es un hombre.

Volviendo de su abstracción tras mentar al maligno, Eva mete su mano en la mochila que pende del respaldo de la silla, y comprueba que estén dentro el pequeño estuche y el revólver. Luego saca varios montones de billetes hasta formar un par de buenos fajos y los deja sobre la mesa.

—¿Puedo dejar esto aquí? Esta mañana no lo voy a necesitar y aquí estará más seguro, no vaya a perderlo.

—Es mucho dinero, Eva. Es mucha responsabilidad para mí.

—Solo es dinero. Si me ocurriese algo malo, mételo en una bolsa y lo dejas en la misma taquilla de la estación, aquella de la que te hablé ayer.

De forma totalmente inesperada, Eva posa su mano sobre la mía antes de continuar hablando.

—Además, no me preguntes por qué, pero empiezo a fiarme de ti. Te acabo de conocer, es verdad, y al fin y al cabo no eres más que otro hombre, pero tienes pinta de buen tío —me dice sonriendo.

Se levanta, lleva la taza al fregadero y se detiene un instante para mirar de nuevo a través de la ventana. Los niños han dejado olvidada la pelota y ahora juegan a amontonar brácteas caídas de una enorme buganvilla.

Mientras sale de la cocina con el bolso colgado del hombro, mi gata la sigue con la mirada. Esperando de Eva una caricia de despedida que no llega.

A las 11.49 estamos ya aparcados en la puerta de la vieja hilatura. El sol está en su cénit y las calles del polígono son un erial más propio de un escenario fronterizo. Apenas se oye el rumor lejano del tráfico en la autovía. No hemos visto ningún vehículo en la puerta de La Manzana, por lo que ella sospecha que hemos llegado los primeros, y eso la pone contenta. Yo también me esfuerzo en escrutar los alrededores y me concentro en percibir alguna señal de peligro. Pero tampoco advierto nada.

Eva sale dando un portazo. Sin despedirse. Seria y decidida. Muy profesional, muy *noir*. De nuevo como una Lana Turner oxigenada. Lleva el bolso colgando del brazo izquierdo. La veo colarse a través del hueco de la valla y puedo imaginármela saltando a la terraza, donde las barras de bar derruidas y la piscina putrefacta, para, desde allí, encaramarse a una de las ventanas y ascender al pasillo que la llevará al piso superior. O cruje el suelo, o es el castañeteo de sus dientes lo que se oye. Sigo muy atento a todo, a mis percepciones y a mis miedos. Todavía sentado al volante, miro el reloj. Son las 11.56. A lo lejos, las campanas de la iglesia de Santa María llaman por última vez a los feligreses a misa mayor.

Las ruinas de La Manzana están hoy bien iluminadas. A la luz del día se advierten todas las pintadas de las paredes y los desconchones son mucho más evidentes. La escalera ahora parece, sin embargo, menos angosta. Ya en el pasillo donde desembocan los despachos, Eva se asoma ligeramente por un roto en una de las maderas que cubren los ventanales, tratando de confirmar la presencia de mi taxi. Pero desde ese lado la calle en la que hemos aparcado, el vehículo queda en un ángulo ciego y no consigue verme. Así que sigue andando, un poco más azorada si cabe, y atenta aún más a cada ruido, a cada chirrido, a cada queja de ese edificio tan maltratado. Son las 11.59 cuando entra en el despacho oval, el lugar donde se ha citado con su rival. Aunque lo hace con cautela, como si tratase de evitar despertar de un sueño apacible a alguien a quien se quiere, al entrar confirma que está sola. Bueno, sola, no, acompañada de su miedo. Y en esa miedosa soledad, mientras por seguridad repasa al detalle la amplitud de esa sala abovedada, no escucha nada más que el eco tenebroso de sus peores recuerdos y de sus más angostas pesadillas.

—Estaba seguro de que vendrías.

Una voz angulosa y nasal surge de repente desde el cuarto de vigilancia. Eva se sobresalta, retrocediendo y pegándose a la pared para guardar sus espaldas. Pues no, no estaba sola. Tampoco si no contamos a su miedo. Ha resultado que no hemos sido los primeros en llegar. Eva se había equivocado. Yo me he equivocado.

Tarasca aparece llenando por entero el hueco de la puerta con su envergadura. Su presencia ha levantado una pequeña nube de polvo que lo envuelve en una especie de bruma fantasmal. Además, anda de forma tan vaporosa, lenta y extraña, que se diría que levita a pocos centímetros del suelo. Solo el sonido de la punta metálica de su bastón aclara que anda, y no que vuela. La visión del monstruo, después de tanto tiempo sin verlo, incapacita a Eva y la sume en un temor inevitable y reverencial. Se le eriza el cabello y un pequeño y pavoroso escalofrío le recorre el lomo desde la nuca a la rabadilla. Le tiemblan las manos y las piernas. La respiración ahora se le agita, ahora se le entrecorta hasta la pausa.

Con la anchura de todo el despacho de por medio, quedan el uno enfrente del otro. Observándose. Tarasca, vestido con la altanería y el mal gusto de siempre, entre la puerta del cuarto de vigilancia y el tramo de pared donde en su día estuvieron las pantallas de televisión. Eva, con un pantalón corto y zapatillas de deporte —esta vez sí— por si hubiera que salir corriendo, a la altura del lugar que antes ocupó la mesa en la que se sentaba él. Entre ambos, justo en el centro del despacho, como un agujero abisal, se abre el vacío que en los tiempos de actividad ocupaba la vidriera encastrada en el suelo por el que Tarasca veía el frívolo y vicioso mundo inferior, el de los hombres. Si la habitación era un ojo, la vidriera era la pupila. A través de las juntas de las tablas entran haces de luz brillante y polvorienta, ensartando todo el espacio como las espadas hacen con el interior de la caja de un mago.

—Estás muy cambiada, querida, con ese pelo rubio y largo. Sigues guapa, pero se te nota mucho más cansada. Debe de ser culpa de estos últimos años tan movidos, con tantos viajes de por medio. ¿Os gustó Francia? ¿Y Roma? Es bonita Roma, ¿verdad?

Eva no entiende nada y Tarasca sonríe, o hace como si lo hiciera, mientras circunda muy despacio el perímetro del despacho en el sentido contrario al de las agujas del reloj. Eva lo imita para seguir manteniendo las distancias. Se vigilan. Se escrutan. Ella le teme. Él juguetea.

—¿Estás solo? No me creo que te hayas atrevido a venir sin tu sicario —dice ella reponiéndose del impacto inicial.

—Guapa y descarada. Sigues siendo muy deslenguada y yo siempre he llevado mal esa insolencia tan tuya. —Tarasca tiene la cualidad de no dejar de sonreírte, aunque te esté amenazando de muerte—. No. Mi sicario, como tú lo llamas, aún no ha venido. Anda ocupado en otros menesteres. Pero tranquila, no te impacientes, que quizá acabes viéndolo más tarde.

Ambos siguen andando muy despacio, persiguiéndose en una danza circular, una vuelta eterna por aquel espacio que más que óvalo es elipse. Por un momento nadie diría quién de los dos es la presa y quién el cazador. Los silencios entre ellos parecen mares, inabarcables, y los segundos que transcurren entre la última y la siguiente palabra pronunciada resultan incómodos y premiosos. No hay nada que acelere el tiempo, pues ninguno de los dos parece dispuesto a empezar, por fin, lo que ha venido a hacer. Ella por miedo y él por puro divertimento.

—¿Me has echado de menos, pequeña? Seguro que sí. Se te nota en la cara. A todas os pasa lo mismo. Me odiáis pero necesitáis todo lo que yo os proporciono.

Al oír esa fanfarronería, Eva pasa del miedo al asco sin ni siquiera darse cuenta.

—A los sádicos es imposible echarlos de menos, Tarasca. La verdad es que no, que solo he venido a devolverte lo que me llevé, lamentando mucho, no sabes cuánto, haberlo hecho. Quiero que esto se acabe de una vez por todas y que todo vuelva a ser como antes. Ni lo he tocado, ni he hecho uso de él. No he negociado con nadie. Nadie ha llegado a verlo o saber de él siquiera. Así que aquí lo tienes.

En su mano izquierda, con el mismo cuidado con el que agarraría una pieza de orfebrería, exhibe en alto el pequeño estuche que contiene el dispositivo de memoria con la grabación y luego lo deposita en el suelo, empujándolo con el pie hacia el centro de la sala, hasta hacer que quede justo al borde del *ojo de Dios*. Todo ello sin bajar la vista para no dejar de mirar atentamente a Tarasca, y con la espalda bien pegada a la pared.

Tarasca mira el objeto con displicencia, casi con desprecio, pero no hace ademán de ir a por él. Se diría incluso que nunca ha estado interesado en recuperarlo, y que no era más que un pretexto para que las chicas permanecieran aterradas durante todo este tiempo.

—¿Que todo vuelva a ser como antes, dices? Pero me temo que eso es imposible, querida. —Se calla. Sonríe sarcástico. Se relame. Se recrea un par de segundos en la crueldad que está a punto de decir—. ¿O acaso aún no sabes lo que le ha pasado a tu amiguita Lorena? ¡Cuánto te quería la pobre!

Detiene sus pasos frente a la puerta de entrada, donde la luz del pasillo provoca en su inmensidad un halo beatífico, y se lleva la mano derecha a la garganta en un gesto insultante y elocuente.

Y en ese momento Eva, que se encuentra a poco más de un palmo del pequeño abismo que supone el vacío del ascensor, nota que el corazón se le va a salir por la boca por culpa de la rabia, y mete de forma atropellada la mano en el bolso, decidida a empuñar la pistola, a sacarla y a vaciar su cargador en el cuerpo desmedido y grotesco de Tarasca. Porque a veces un arrebato es la expresión más certera de que has captado el mensaje. No hay nada que pensar, no vaya a ser que a causa de una inoportuna reflexión se diluya la idea inicial, instintiva y acertada. De hecho, está segura de que esta repentina y sulfurada decisión habla bien de sí misma, pues al querer actuar sin pensar, en realidad lo que está haciendo por fin es, precisamente todo lo contrario: pensar en los demás —en sus amigas— y no tanto en su avaricia. Quizá cometa un error si acaba disparando, es cierto, pero también sabe que en todo caso será un error que puede acabar salvándola. Y eso le insufla valor y confianza.

Pero el caso es que el Smith & Wesson del calibre 38, de cañón corto y cachas de madera, no aparece por ningún lado. Palpa el móvil, toca alguna otra pequeña pertenencia, como las llaves de ese chalé al que no volverá, un encendedor o el monedero, pero no consigue encontrar al tacto el frío metal del cañón o la ergonomía de la culata del revólver, a pesar de que está segura de haber comprobado que lo tenía cuando hace un rato salió de casa de J.

Y Tarasca, sabiéndola entonces aún más desprotegida, saca del bolsillo de su americana —que hoy es de un paradójico color verde esperanza, como los ojos de Eva— aquella bonita navaja automática con empuñadura de nácar que un día, un tiempo antes de aquel otro día en el que tuvo conciencia de que se había convertido en un verdadero hijo de puta, en el mismo diablo, le compró a un marinero de un pesquero portugués que atracó en el puerto de Tragove. Y acompañado de ese horrendo y desigual visaje en su boca, culpa también de la cicatriz que le sube desde el mentón al labio inferior, comienza a atravesar el espacio que le separa de Eva, con el paso lento, seguro y tranquilo del que sabe que lo tiene todo controlado.

En su intento por huir a la carrera, Eva, que está pálida como una virgen de cera, resbala con la arenilla del suelo, cayendo de rodillas y a punto de despeñarse por el oscuro hueco del ascensor, por donde sí se precipita su bolso lo que, amplificado por el eco, provoca un enorme estruendo con cada uno de sus objetos golpeando contra las oscuras paredes.

Pero justo en ese momento en el que veis a Tarasca avanzando para rematar la faena y a Eva acorralada contra su inevitable final, en la habitación se escucha una inesperada voz proveniente de la entrada, que paraliza el aire, detiene la luz entrante y congela el movimiento de todos los presentes.

—Quieto ahí, Lucino. No te muevas de donde estás.

Son mis palabras, las que hacen que Tarasca se detenga en seco junto al hueco del lucernario. Aunque al estar de espaldas a mí no puedo corroborarlo, esta vez sí que lo supongo sorprendido.

La que sí puedo confirmar que se muestra perpleja es Eva.

—¿J? —Tiembla—. ¿Qué haces aquí?

—Así que aquí y ahora te haces llamar J.

—Y tú, Tarasca. Un poco obvio, quizá, pero reconozco que tiene su punto de gracia que como apodo utilices un sinónimo de serpiente. Te pega mucho.

—¿Os conocéis? —Eva, con el pulso agitado y las lágrimas de pura hiel embarrando sus mejillas, no es capaz de salir del asombro que le provoca que un humilde taxista conozca a un tipo tan siniestro como Tarasca.

—Podría decirse que somos viejos amigos —dice Tarasca.

—Viejos sí, mucho. Amigos, no tanto —respondo.

El joven Lucino, el antiguo Seth, el Tarasca de ahora, el como quiera que se haga llamar mañana, se da la vuelta y me mira. Y sonríe. Y hasta se diría que se alegra de verme. Y yo, que a través de la polvorienta luz del mediodía de aquella habitación le veo esa irrespetuosa sonrisa esculpida en la cara, confirmo que su rostro no muestra ni la más mínima preocupación o sorpresa por mi presencia, por lo que comienzo a dudar de lo efectiva que ha podido ser mi irrupción.

—Esto ha terminado. Vas a dejarla marchar. Vas a coger lo que es tuyo, si tanto te importa y tanto lo necesitas, y a ella vas a dejarla marchar, sin más, como si nunca os hubieseis conocido. ¿De acuerdo? Lo siento, pero esta vez la cosa no va a terminar como tú esperabas que terminase. Se acabaron las muertes. Se acabó lo de hacerles pagar a estos seres inocentes tus cuitas personales conmigo.

Pero justo en el instante en el que pronuncio esa última palabra, Tarasca, a quien mi discurso no parece haberle causado mella alguna, sino más bien un evidente desdén, vuelve su penetrante mirada hacia la puerta, haciendo que las nuestras, las de Eva y la mía, la sigan en esa misma dirección. Bajo el dintel, envuelta en un confuso halo de luz que le confiere un espeluznante magnetismo, ha aparecido recortada una silueta provocando un sonoro lamento en Eva. Es la figura desgarbada e histriónica de Sutton, al que reconozco sin duda alguna, aunque el contraluz me impida verle con claridad. Así que, de forma instintiva, saco del bolsillo del pantalón el revólver que antes llevaba a Eva, y le apunto de inmediato, en previsión de que él pueda a su vez portar también un arma. Y sin dejar de vigilarles a ambos, continúo andando hasta alcanzar a Eva para ayudarla a levantarse.

—Eres un puro esperpento con esa arma en la mano —dice Tarasca, apuntalando su burla con una risa estruendosa—. Se la quitas a ella del bolso cuando, en realidad, sabes que tú serías incapaz de utilizarla llegado el caso. —Sonríe abiertamente—. Tiene muchos más cojones ella que tú, viejo amigo.

Eva termina de levantarse y se parapeta detrás de mí, aún más pegada a la pared si cabe. Estoy asustado pero, al mismo tiempo, por fin me siento a gusto en el papel de protector. Porque cuando hago bien las cosas me engrandezco aún más si cabe y me invade un reconfortante hálito de confianza. Y por mucho que el mal se empeñe en lo contrario, esta vez sé que he hecho las cosas bien. Sé que he llegado a tiempo. Digo para mis adentros.

—¿Estás seguro de eso, viejo amigo?

Cómo. A qué se refiere.

—¿Si estoy seguro de qué? —pregunto yo algo perplejo y de nuevo con mi determinación y mi poco ánimo alterados.

—¿Estás seguro de que esta vez sí que has hecho las cosas bien, y de que has llegado a tiempo? —responde él con la tosca ironía del tahúr que esconde un último as en la manga.

Y ahora, al haber cambiado de posición en el discurrir de esta danza circular y esquiva, evitando con ello el contraluz, puedo ver perfectamente que Sutton lleva en la mano derecha su hermoso Morakniv, con la hoja manchada de sangre y goteando tímidamente sobre el hormigón. Y es solo entonces, al ver —casi al escuchar— el cadencioso y continuo impacto de las gotitas de sangre al golpear el suelo del despacho, cuando empiezo a tomar conciencia del engaño en el que he caído.

Imaginaos la escena desde arriba, en picado:

Tarasca, sonriente, en el centro de la sala.

Sutton, impasible, en la puerta principal.

Nosotros tres —Eva, yo y mi desconcierto— junto al abismo del ascensor.

El conjunto forma una especie de absurdo tres en raya, justo en el momento en el que el reloj de la iglesia más cercana, allá a lo lejos, da las 12.30.

28

El Día de la Bestia

Es domingo. 11 a. m.

De niño ya le gustaban porque era el día en el que estaban los tres juntos. Ese día se lo llevaban a ver al equipo de fútbol del pueblo, aunque a él no le entusiasmara el deporte, y luego le compraban una Fanta mientras ellos se tomaban un vermut con aceitunas en el Café España. Los sábados salía él solo con su padre a pescar, pero era los domingos cuando se iban los tres —madre feliz, padre orgulloso y él— a pasar el día a algún pueblo de montaña. Subían a Morella, o a Ares. Caminaban un poco por las inmediaciones, callejeaban después para que su madre comprara pastas y embutidos, y luego comían paella con caracoles de primero y carne a la brasa con patatas de segundo en uno de los bares de la plaza. En verano bajaban a la playa distribuyéndose entre todos la carga: la nevera, las sillas, la sombrilla y las palas. Pasaban horas al sol. Bajo la sombrilla. Muchas horas. Comían, retozaban la siesta y alargaban la tarde sin llegar a aburrirse. La madre leía revistas de sociedad, hacía crucigramas y paseaba un rato por la orilla del mar, dejando que el agua le cubriese hasta los tobillos. El padre leía el diario, se fumaba media cajetilla, y luego le dedicaba tiempo al crío, con el que jugaba en la arena a construir las ciudades imposibles de Italo Calvino, y a inventarle historias de piratas y marinos. Para ver si le animaba esa cara de tristeza tan suya.

Como hacía su padre, los domingos a él también le gusta leer la prensa en papel, mientras se pone música en el reproductor según sea ese día su talante. A los Smiths, por ejemplo. O a Caetano. O algo de jazz. Los domingos le han olido siempre a tostadas y a café recién hecho. Y a viajes por Europa, pero siempre acompañado. Estando en pareja, los domingos amanecía pronto y le preparaba el desayuno a Luisa, o luego a Lidia, y más tarde salía con la primera a dar un paseo con la bici, y convencía a la segunda de que la belleza de este día reside, única y exclusivamente, en aceptarlo. En la resignación.

Despierta, bosteza. Se desperezaza. Abre las cortinas dejando que la luz de la mañana lo llene todo de falsa esperanza.

En cuanto toma conciencia de dónde está, lo primero que hace es sorprenderse por lo bien que ha dormido las pocas horas que lo ha hecho. Le sorprende haber descansado tanto y despertarse tan a gusto a pesar de las circunstancias, de los miedos que arrastra y de la incertidumbre en la que desde ayer parece que se ha instalado su presente. Le resulta curioso tener que esforzarse en pensar en Lidia —en Eva—, cuando por el contrario debía de ser la piedra angular de todos sus pensamientos. Pero el caso es que, tras estas pocas pero fructíferas horas de sueño, quizá por la presencia serena y cercana de Raquel, descansando en la habitación contigua, se le ha disipado esa tendencia a pensar en negativo que tanto le abrumaba ayer, y ahora está totalmente seguro de que no va a suceder nada que no pueda revertirse. Es cuestión de pura probabilidad. Se dice. La marcha de Lidia no será más que una anécdota. Se dice. Seguro. Concluye. En realidad ya no van a volver a pasarle tantas cosas malas en la vida. A él, ya no.

De camino a la cocina para ver si hay café y así prepararle uno a Raquel para cuando se despierte; que ya está tardando un poco si, como anoche se prometieron, han de ir a encontrarse con Eva; se detiene frente a la pecera y trata de llamar la atención de uno de los pececillos golpeando el cristal con el índice. Luego, como todos los domingos, decide llamar a su madre y preguntar por su padre. Es domingo, es la costumbre y él es un buen hijo.

—Hola, hijo mío. ¿Y Lidia? ¿Cómo estáis?

—Bien, mamá. Como siempre. Ella durmiendo. —No tiene conciencia de estar mintiendo—. ¿Y vosotros? ¿Cómo está hoy papá?

—Pues imagínate, hijo, dando cada vez más por saco. Ya no se deja limpiar o cambiar el paquete. Me chilla cuando lo intento y me dice las mil perrerías, el pobre.

Cuelga el teléfono. Triste por lo que ha oído. Satisfecho por haber llamado.

En un armario de la cocina encuentra un buen surtido de cafés. Robusta. Arábica. Torrefacto. También infusiones de todo tipo. Diferentes tés, manzanilla, poleo. Hay azúcar blanca, y negra, y sacarina. En la nevera también hay leche, entera, desnatada y de soja. No puede evitar sonreír por cómo cuida la empresa a sus clientes. Bromeará sobre esto con Raquel en cuanto ella se despierte. Son las 11.31.

Deja que el café se vaya haciendo y, mientras, se acerca al reproductor y rebusca entre los Cd a ver si encuentra algo que amenice la espera en tanto en cuanto su anfitriona se levanta. No desearía despertarla, a pesar de que empieza a ser algo tarde, así que no pondrá la música demasiado alta. Coge uno al azar y resulta ser una colección de grandes éxitos de Aretha Franklin. La empresa también tiene viejos y buenos gustos musicales, piensa. Y vuelve a sonreír. Conecta la música al volumen adecuado para no molestar y se pone los vaqueros que dejó plegados en el respaldo de un sillón.

A lo lejos, las campanas de Santa María Reina comienzan a llamar a sus fieles a misa mayor. Mira la hora en el móvil. Faltan tres minutos para las 11.50. Entre despertarse, mal desayunar y arreglarse, asume que ya resulta imposible que queden con

Eva antes de las 12, que es cuando cree recordar que Raquel le dijo que Eva debía estar en el lugar en el que la esperaban para solucionar el entuerto, y ello contando con que ese sitio quede, ya no cerca, sino incluso al lado mismo del salón de belleza. Porque al final está seguro de que, a pesar de todo el ruido, solo va a ser eso. Un pequeño entuerto, un mal trago para no recordar con el tiempo.

Y como no puede esperar más, como el café ya hace unos minutos que reposa en la cafetera y como Aretha está cantando el *I say a little prayer*, decide que va despertar de una vez por todas a Raquel.

The moment I wake up
Before I put on my makeup
I say a little pray for you
While combing my hair now
And wondering what dress to wear now
*I say a little prayer for you**

Al salir del salón dirigiéndose al pasillo, casi de forma accidental, por culpa de una tenue línea de luz que cruza el suelo, se da cuenta de que la gruesa puerta de la calle está apenas abierta. Le resulta raro que por descuido la dejaran así anoche. Y tampoco ha oído que nadie la abriese esta mañana. ¿Habrá entrado alguna de las chicas del Clarisse mientras ambos dormían? No es probable. ¿Habrá salido Raquel? Mira en el descansillo y, al no ver a nadie, la cierra evitando hacer ruido. Se adentra en el pasillo y se acerca al dormitorio en el que ella descansa. Golpea con los nudillos en la puerta. No contestan. Ningún ruido de

* *Al momento de despertar/Antes de ponerme mi maquillaje/Digo una pequeña plegaria por ti/Mientras me peino,/Y me pregunto qué vestido usaré,/Digo una pequeña plegaria por ti. (N. del A.)*

sábanas deslizándose o de muebles moviéndose. Y entonces la llama por su nombre y le dice que se despierte ya, que tiene el café preparado y está enfriándose. «Venga, dormilona, que se te enfría el café». Lo dice en un tono amable, sonriente, queriendo ser gracioso. Pero no recibe respuesta alguna. Así que por un momento vuelve a preguntarse por la posibilidad de que Raquel haya podido salir del apartamento sin que él se diera cuenta o sin haberle avisado, viéndole aún dormido. «Quizá haya bajado a la cafetería a comprar el desayuno». Y la vuelve a llamar, ahora con un tono más sobrio y convincente. «Raquel. Que van a dar las 12 y ya llegamos tarde». Nada, de nuevo. Y aunque un leve cosquilleo le recorre el espinazo y el vello de la nuca parece erizársele, como se sabe impresionable prefiere no hacer mucho caso a lo que parecen ser terribles señales. Así que por fin decide a abrir la puerta de la habitación. Con cuidado. Por si chirría. Y, al abrirla, una oscuridad impactante le golpea el rostro, una bofetada de oscuridad a pesar de la cual, gracias a la suave claridad que le ha acompañado a lo largo del pasillo, es perfectamente capaz de adivinar un bulto echado en la cama, lo que sin duda le tranquiliza y hace que sonría. Piensa que le gustan las mujeres perezosas y dormilonas porque se dejan cuidar. Piensa que seguro que Raquel es perezosa y dormilona. Que igual incluso —aunque ahora él no lo recuerda— ella se lo confesó ayer, entre bromas cómplices, cuando al calor de la compañía y al refugio de una noche plácida por fin consiguieron relajarse y comenzaron a jugar a describirse. A reconocerse. «Venga. Dime cómo eres. Virtudes y defectos». «Vale. Te toca. Ahora tú». Quizá por culpa del calor duerma desnuda. Piensa —algo vergonzoso, algo curioso— mientras se acerca a tientas a la cama con intención de despertarla tocándole el hombro suavemente, o apartándole con mimo los cabellos de la cara. Y lo hace. Las dos cosas. Mientras susurra su nombre. «Raquel». Pero sin éxito. Y como no quiere insistir y acabar sobresaltándola, sin darle al interruptor de la luz para no resultar tampoco demasiado abrupto, se aproxima a la ventana para levantar apenas un par de palmos la persiana y dejar, de nuevo, que la esperanza en forma de trago luminoso redunde en lo que va a seguir siendo una vida estable y maravillosa, la suya, a la que a estas alturas solo le falta el perro.

Raquel permanece con los ojos abiertos. Tan azules. Tan sin brillo ahora. Está echada boca arriba, con los brazos extendidos y las piernas abiertas, y su cabello oscuro, largo y liso, ha quedado esparcido en revoltijo de una forma un tanto casual sobre la almohada. Tiene su cuello rajado en cruz, abierto de par en par, como si fuese un corazón anhelante. Su camiseta, con el logo de Nirvana, empapada del color parduzco de la muerte. Hasta sus bragas blancas lucen moteadas de sangre. Como a topos. Toda la cama es un mar sanguinolento y pegajoso.

En algún reloj cercano están sonando las 12 en punto.

0

Todas son Eva

Rachid no conoce a Helga. En Alemania no conoce más que a un primo lejano suyo que llegó un año antes y con el que, ya en Alepo, apenas tenía trato. Pero tenía que salir de allí y le pidió ayuda, que para eso está la familia. Es soltero, bien parecido, veintitrés años y la carrera de Económicas terminada a falta de la tesis. En Siria jugaba un poco al ajedrez y quería casarse con Falak, compañera de curso. Se lo dijo a su madre y aunque pareció no hacerle mucha gracia que su nuera estudiara, tampoco se mostró del todo reticente. Sin embargo, no hubo ocasión. Primero perdió a su madre, tiroteada en el mercado, una mañana de abril del año pasado. Luego una noche de julio las bombas mataron a Falak, cuyo nombre significa *estrella*. Y, por último, en uno de los autobuses que tuvo que coger en Bulgaria, le robaron el tablero de ajedrez.

Hamburgo. 01.20 a. m. del 1 de enero de 2019.

Los ecos del fin de año se escuchan nítidos en el ambiente. Las calles están repletas de gente que vuelve a sus casas o se dirige a salas de fiesta donde rematar la velada. Se canta, a pesar de ser alemanes, y hay sonido de cláxones y destellos de fuegos de artificio. Rachid pena su desgracia sentado en los escalones de la estatua de la plaza Gäsenmarkt, aún rodeada por puestos navideños, en pleno centro de una ciudad que bulle. Hay otros muchos migrantes, solos y vacíos como él, sentados por los bancos de la plaza. No hacen nada, solo estar. También hay más presencia policial de lo habitual, por culpa del terrorismo. Antes cenó algo frugal, con su primo y otros compatriotas, y luego paseó por Sankt Pauli, un barrio que le encanta a pesar de sus prostitutas. O quizá por ellas. Caminó por Hafenstraβen y se acercó más tarde hasta el embarcadero, que de noche se ilumina y está precioso. El Elba. El mar. La vida. Luego dejó a sus espaldas el río y vino paseando sin prisas hacia el centro, para seguir ausente del ambiente festivo.

Hace ya dos meses que consiguió entrar en Alemania, pero ni con esas se le ha ido aún la melancolía.

Allí sentado, intentando al menos no decaer por culpa de las alegrías ajenas, a Rachid le vienen ganas de mear, pero no tiene dinero para entrar en ningún bar donde poder hacerlo. No le gusta la idea de hacerlo en la calle, no le educaron para esto, pero son tantas las ganas que tiene, que cree que en breve no va a tener más remedio que aliviarse en una esquina o entre dos coches. Así que se dirige a los soportales de la ABC Straβe, una calle adyacente, un rincón algo más recogido y menos transitado que la plaza en la que se encuentra, y junto al último de los pilares, un poco avergonzado y con aires sospechosos, espera disimulando a que no pase nadie para ponerse a orinar. Es justo en ese momento cuando, desde la oscuridad de uno de los portales del edificio, algo brillante atrae su atención.

La chica tiene veintiún años, es rubia y pecosa, y lleva puesto un vestido de lentejuelas comprado una semana antes para la ocasión. Helga, a la que Rachid ni conoce ni tendrá ya la oportunidad de conocer, yace degollada detrás de unos contenedores de basura.

De nuevo he vuelto a llegar tarde. Culpa mía.

FIN

Primavera de 2020,
en pleno confinamiento

AGRADECIMIENTOS

A Pedro Tejada y a Emilio Calvo,
por creer en esta historia,
y a Mariano Vega por
ayudar a mejorarla

Índice

OTROS TÍTULOS
DE LA COLECCIÓN

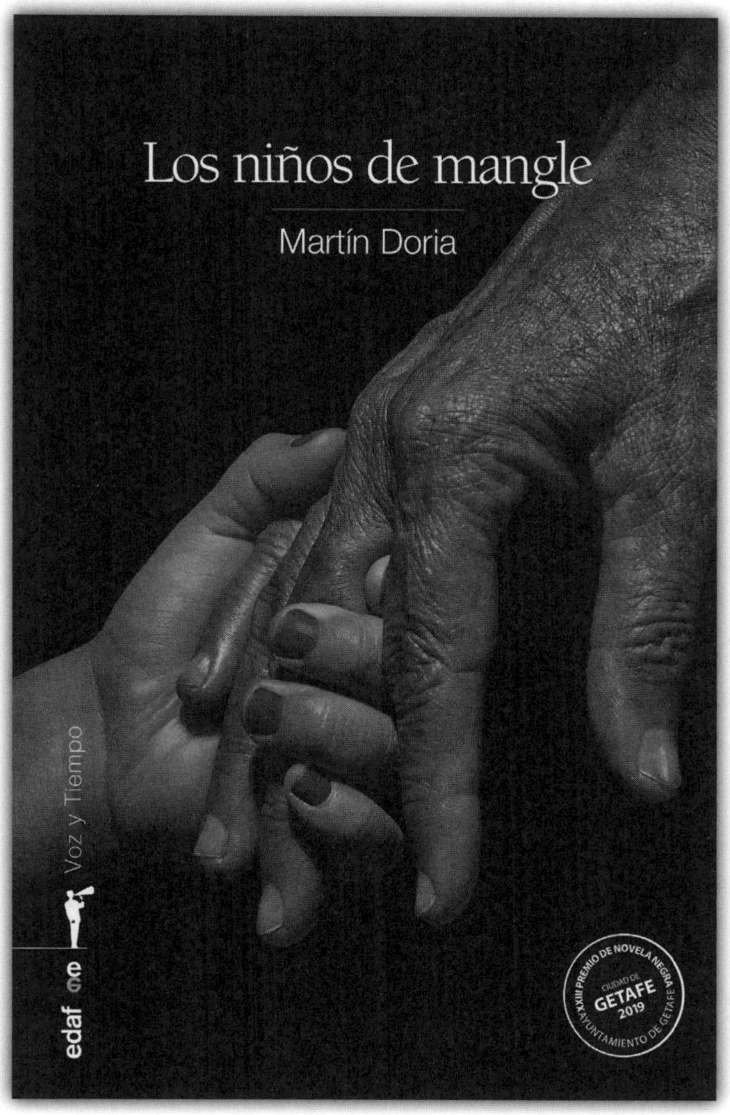

Agua
Saúl Cepeda Lezcano
Voz y Tiempo
edaf
XXII PREMIO DE NOVELA NEGRA
CIUDAD DE
GETAFE
2018
AYUNTAMIENTO DE GETAFE

La japonesa calva
Jesús Tíscar Jandra
edaf
Voz y Tiempo
XXI PREMIO DE NOVELA NEGRA
CIUDAD DE
GETAFE
2017
AYUNTAMIENTO DE GETAFE

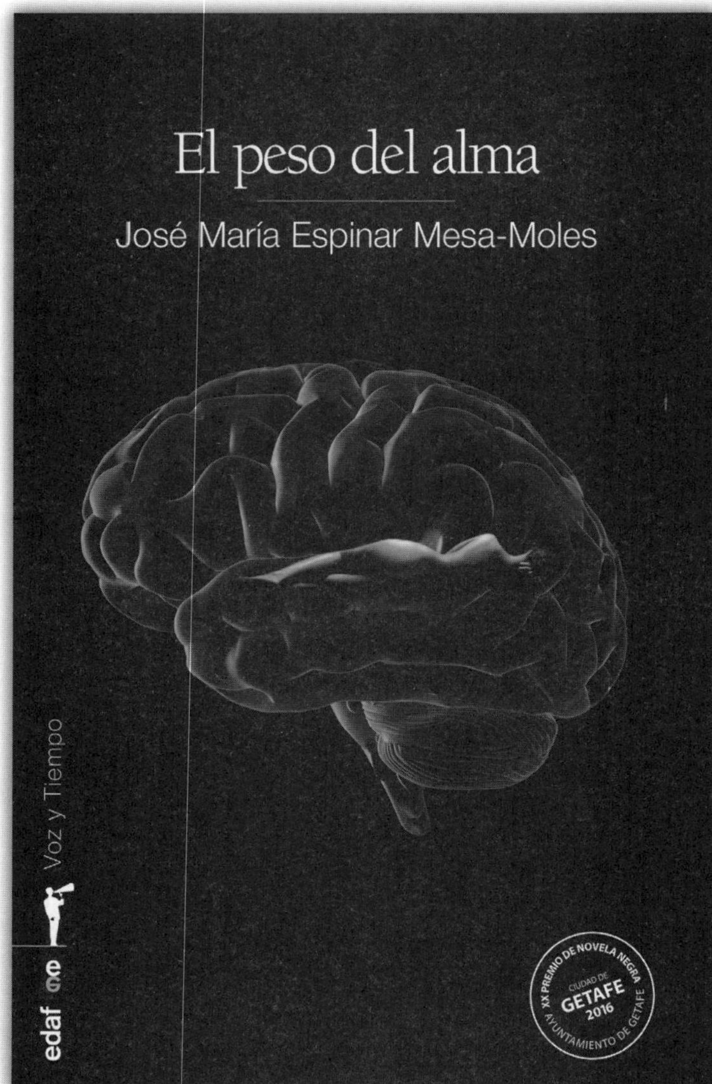
El peso del alma
José María Espinar Mesa-Moles
Voz y Tiempo
edaf
XX PREMIO DE NOVELA NEGRA
CIUDAD DE
GETAFE
2016
AYUNTAMIENTO DE GETAFE

Ángulo muerto
Jordi Juan
edaf
Voz y Tiempo
XIX PREMIO DE NOVELA NEGRA
CIUDAD DE
GETAFE
2015
AYUNTAMIENTO DE GETAFE

Sabiduría elemental
Solange Camauër
Voz y Tiempo
edaf
XVIII PREMIO DE NOVELA NEGRA
CIUDAD DE
GETAFE
2014
AYUNTAMIENTO DE GETAFE

La última tumba
Alexis Ravelo
Voz y Tiempo
edaf
XVII PREMIO DE NOVELA NEGRA
CIUDAD DE
GETAFE
2013
AYUNTAMIENTO DE GETAFE

Cuando estás
en el baile, bailas
Galgo Cabanas
edaf
Voz y Tiempo
XVI PREMIO DE NOVELA NEGRA
CIUDAD DE
GETAFE
2012
AYUNTAMIENTO DE GETAFE

Barcelona skyline
David C. Hall
Voz y Tiempo
edaf
XV PREMIO DE NOVELA NEGRA
CIUDAD DE GETAFE 2011
AYUNTAMIENTO DE GETAFE

No hay perro que viva tanto
Francisco Balbuena
Voz y Tiempo
edaf
XIV PREMIO DE NOVELA NEGRA
CIUDAD DE
GETAFE
2010
AYUNTAMIENTO DE GETAFE

La mala espera
Marcelo Luján
EDAF
Voz y Tiempo
XIII PREMIO DE NOVELA NEGRA
CIUDAD DE
GETAFE
2009
AYUNTAMIENTO DE GETAFE